Obras da autora publicadas pela Galera Record

A probabilidade estatística do amor à primeira vista
Ser feliz é assim
A geografia de nós dois

Jennifer E. Smith

a probabilidade
estatística do
amor
à primeira
vista

Tradução de
CAMILA MELLO

16ª edição

Galera

RIO DE JANEIRO
2022

CIP-BRASIL. CATALOGAÇÃO NA FONTE
SINDICATO NACIONAL DOS EDITORES DE LIVROS, RJ

S646p
Smith, Jennifer E.
A probabilidade estatística do amor à primeira vista / Jennifer E. Smith;
16ª ed. tradução de Camila Mello. – 16ª ed. – Rio de Janeiro: Galera Record, 2022.

Tradução de: The Statistical Probability of Love at First Sight
ISBN 978-85-01-09544-2

1. Ficção juvenil. I. Mello, Camila. II. Título.

12-3051
CDD: 028.5
CDU: 087.5

Título original em inglês:
The Statistical Probability of Love at First Sight

Copyright © 2012 by Jennifer E. Smith

Texto revisado segundo o novo Acordo Ortográfico da Língua Portuguesa.

Todos os direitos reservados. Proibida a reprodução, no todo ou em parte, através de quaisquer meios.

Design de capa: **Izabel Barreto**

Direitos exclusivos de publicação em língua portuguesa somente para o Brasil adquiridos pela
EDITORA RECORD LTDA.
Rua Argentina 171 – Rio de Janeiro, RJ – 20921-380 – Tel.: (21) 2585-2000,
que se reserva a propriedade literária desta tradução.

Impresso no Brasil

ISBN 978-85-01-09544-2

Seja um leitor preferencial Record.
Cadastre-se em www.record.com.br e receba informações
sobre nossos lançamentos e nossas promoções.

Atendimento e venda direta ao leitor:
sac@record.com.br

Para Kelly e Errol

"Há dias, nesta vida, dignos da vida,
e outros, dignos da morte."

Charles Dickens, *Nosso amigo comum*

Prólogo

Tanta coisa podia ter sido diferente.
 Imagine se ela não tivesse esquecido o livro. Não teria que voltar correndo para casa enquanto a mãe esperava no carro, com o motor soltando fumaça no ar quente da tarde.
 Ou mesmo antes: imagine se ela não tivesse experimentado o vestido. Não teria percebido que as alças estavam muito compridas, e sua mãe não precisaria pegar o antigo kit de costura, nem transformar a mesa da cozinha numa mesa cirúrgica para tentar salvar o pobre pedaço de seda lilás no último minuto.
 Ou mais tarde: se ela não tivesse cortado o dedo com o papel na hora de imprimir a passagem, se não tivesse perdido o carregador do celular, se não tivesse enfrentado o trânsito até o aeroporto. Se não tivessem errado o caminho e se ela não tivesse demorado a achar o dinheiro do pedágio — as moedas caíram embaixo do assento e os passageiros nos carros atrás delas buzinaram sem perdão.

Se a rodinha da mala não tivesse emperrado.

Se ela tivesse corrido mais rápido até o portão de embarque.

Talvez os atrasos no decorrer do dia sejam apenas detalhes, mas, se não fosse por eles, teria sido por causa de alguma outra coisa: as condições do tempo no Atlântico, a chuva em Londres, as nuvens pesadas que ficaram muito tempo no ar, antes de se dissiparem. Hadley não acredita em coisas como acaso ou destino, mas também jamais acreditou na pontualidade das companhias aéreas.

Quando é que um avião consegue sair na hora?

Ela nunca havia perdido um voo na vida. Nem uma vez.

No entanto, quando chegou ao portão naquela noite, encontrou os atendentes fechando a entrada e desligando os computadores. O relógio marcava 18h48, e lá fora o avião parecia uma fortaleza de metal. Ficou claro na expressão dos funcionários que ninguém mais entraria naquela coisa.

Ela estava quatro minutos atrasada, o que não parece ser muito. É o tempo de um comercial, de um intervalo entre aulas, de descongelar um prato no micro-ondas. Quatro minutos não é nada. Todo santo dia, em qualquer aeroporto, há pessoas que estão atrasadas para o seu voo. Chegam respirando de forma ofegante e se jogam no assento, aliviadas por estarem ali.

Mas não Hadley Sullivan, que, de pé diante da janela, deixa a mala cair no chão e observa o avião se distanciar da rampa semelhante a um acordeão, com as asas girando enquanto a parte da frente se direciona para a pista de decolagem sem ela.

No outro lado do oceano, seu pai brinda uma última vez, e a equipe do hotel — todos de luvas brancas — cuida dos talheres de prata para a cerimônia da noite seguinte. Atrás dela, o garoto com a passagem para o assento 18C no voo seguinte para Londres come rosquinha, sem notar os pedacinhos na camisa azul.

Hadley fecha os olhos só por um momento. Ao abri-los novamente, o avião não está mais lá.

Quem diria que quatro minutos poderiam mudar tudo?

1

18h56 Hora da Costa Leste
23h56 Hora de Greenwich

Aeroportos são verdadeiras câmaras de tortura quando se tem claustrofobia.

Não apenas por causa do iminente perigo — ficamos presos como sardinhas e somos catapultados pelo ar dentro de um tubo de metal —, mas também por causa dos terminais, da quantidade de pessoas, da confusão que turva a vista, do zumbido que atordoa, de todo o movimento e do barulho, do frenesi e do vozerio, tudo isso selado por janelas de vidro, como se fosse uma monstruosa fazenda de formigas.

Isso é apenas uma das várias coisas que Hadley está tentando ignorar enquanto espera no balcão de embarque. Está ficando escuro e o avião já deve estar sobrevoando o Atlântico. Ela pode sentir alguma coisa em seu interior se desfazendo, como o ar que sai lentamente de um balão. Parte da sensação se relaciona ao voo muito próximo e parte ao aeroporto em si, mas o maior problema — o *maior* de todos — é saber que vai se atrasar para um casamento ao qual nem queria ir. Essa ironia do destino a faz querer chorar.

Os atendentes da companhia aérea se reuniram atrás do balcão e olham para ela com impaciência. A tela atrás deles já anuncia o próximo voo do JFK para Heathrow, um voo que só sairia em três horas. Fica cada vez mais claro que é Hadley quem está impedindo que o expediente da equipe acabe.

— Lamento, senhora — diz uma das atendentes, disfarçando um suspiro. — Não há nada que possamos fazer, a não ser colocá-la em um voo mais tarde.

Hadley concorda. Ela passou as últimas semanas desejando secretamente que alguma coisa desse tipo acontecesse, embora as cenas que imaginou fossem mais dramáticas: greve nacional dos aeroviários, uma chuva de granizo épica, um caso raro de gripe ou de sarampo que a impedisse de viajar. Seriam razões perfeitamente aceitáveis para que não visse o pai caminhando pelo corredor da igreja para se casar com uma mulher que ela nunca havia encontrado.

No entanto, atrasar-se quatro minutos para o voo soava um pouco conveniente demais, até suspeito, e Hadley não sabe ao certo se seus pais — tanto o pai quanto a mãe — entenderiam que não foi culpa sua. Na verdade, isso provavelmente faria parte da pequena lista de tópicos sobre a qual os dois concordavam.

Foi ideia dela faltar ao ensaio para o jantar e chegar em Londres na manhã do casamento. Hadley não via o pai havia mais de um ano e não achava que seria capaz de sentar em um salão com todas as pessoas mais importantes para ele — amigos e colegas de trabalho, o mundinho que construiu no outro lado do oceano — enquanto brindavam a sua saúde, felicidade e vida nova. Se pudesse decidir, nem iria ao casamento, porém, *essa* decisão não foi negociada.

— Ele ainda é seu pai — dizia a mãe como se ela tivesse esquecido. — Se você não for, vai se arrepender depois. Sei que é difícil imaginar isso quando se tem 17 anos, mas acredite em mim. Um dia você ainda vai se arrepender.

Hadley achava que não.

A atendente digita no teclado do computador com certa ferocidade, batendo nas teclas e fazendo barulho ao mascar o chiclete.

— Você está com sorte — diz, balançando as mãos no ar. — Posso colocá-la no voo de 22h24. Assento 18A. Janela.

Hadley fica até com medo de perguntar, mas arrisca mesmo assim.

— Chega que horas?

— Chega 9h54 — diz a atendente. — Amanhã de manhã.

Imagina a caligrafia delicada no grosso convite marfim de casamento, que estava há meses em cima da cômoda. A cerimônia começa no dia seguinte ao meio-dia, o que significa que, se tudo sair conforme planejado — o voo e a alfândega, os táxis e o trânsito, se tudo for perfeitamente coreografado —, ainda há uma chance de conseguir chegar a tempo. Uma pequena chance.

— O embarque começa neste portão às 21h45 — comunica a atendente, entregando-lhe vários papéis organizados num pequeno envelope. — Tenha um excelente voo.

Vai até as janelas e examina as fileiras de cadeiras cinza. A maioria está ocupada e as que restam estão com o estofado amarelo à mostra, como ursinhos de pelúcia descosturados. Ela coloca a mochila sobre a mala de mão, pega o celular e procura o número do pai na lista de contatos. Está registrado como "O professor", apelido que ganhou da filha há um ano e meio, quando anunciou que não voltaria a Connecticut; depois disso, a palavra *pai* acabou virando um incômodo sempre que ela abria o celular.

Seu coração dispara com o toque do telefone; ele liga regularmente, mas ela quase nunca liga de volta. É quase meia-noite na Inglaterra, e, quando finalmente atende, a voz do pai está rouca e lenta de sono ou de álcool — talvez de ambos.

— Hadley?

— Perdi meu voo — diz com o tom seco que naturalmente aparece quando fala com o pai. É efeito do desgosto que sente por ele.

— O quê?

Suspira e repete a informação.

— Perdi o voo.

Ao fundo, Hadley escuta Charlotte murmurando, e alguma coisa queima dentro dela, um pequeno surto de raiva. Apesar dos e-mails carinhosos que a mulher mandou desde o noivado — eram cheios de planos para o casamento, fotos da viagem a Paris e pedidos para que não ficasse distante, todos assinados com um entusiasmado ":-)))" (como se apenas uma carinha feliz não bastasse) —, há exatamente um ano e 96 dias, ela decidiu que ia odiar aquela mulher, e um convite para ser madrinha não era o suficiente para mudar isso.

— Bem — diz seu pai —, conseguiu outro voo?

— Sim, mas só chega às dez.

— Amanhã?

— Não, hoje — responde. — Vou viajar de cometa.

O pai ignora o comentário.

— É muito tarde. Muito perto da cerimônia. Não vou conseguir buscar você — informa e cobre o telefone para falar com Charlotte. — Podemos pedir para a tia Marilyn ir te pegar.

— Quem é tia Marylin?

— É a tia da Charlotte.

— Tenho 17 anos — lembra Hadley —, com certeza consigo pegar um táxi sozinha até a igreja.

— Não sei — diz o pai —, é a sua primeira vez em Londres... — Ele afasta o telefone e tosse, limpando a garganta. — Você acha que sua mãe concordaria com isso?

— Mamãe não está aqui — responde Hadley. — Acho que só participou do primeiro casamento.

Silêncio no outro lado da linha.

— Vai dar tudo certo, papai. Encontro você na igreja amanhã. Não devo me atrasar tanto assim.

— Está bem — responde o pai com carinho. — Estou com saudade.

— Eu sei — responde, sem conseguir dizer o mesmo. — Até amanhã.

Só se lembra de que devia ter perguntado sobre o jantar de ensaio depois que desliga. Na verdade, não está tão curiosa assim.

Por um longo tempo, ela fica parada com o telefone na mão, tentando não se apavorar com o que a espera no outro lado do oceano. O cheiro de manteiga que vem de uma barraca de pretzel está deixando Hadley enjoada. Queria se sentar, mas aquela área está lotada de passageiros. É o fim de semana do feriado de Quatro de Julho. As telas de previsão

17

do tempo mostram mapas com tempestades se aproximando do Centro-Oeste. As pessoas já começam a se acomodar em vários cantos do terminal como se fossem morar lá para sempre. Há várias malas ocupando assentos, famílias acampadas, caixas gordurosas de lanches do McDonald's. Ela passa por um homem que está dormindo em cima da mochila. Sente o chão e as paredes muito próximas e a pressão da multidão. E tem que se lembrar de respirar fundo.

Vê um assento vazio e corre para lá, movendo a mala de rodinhas por entre um mar de sapatos. Nem quer pensar em como o vestido de seda lilás vai estar amarrotado quando chegar em Londres. No plano original, ela teria algumas horas antes da cerimônia, mas agora precisaria se apressar para chegar à igreja na hora. Embora esta não seja sua maior preocupação no momento, é engraçado imaginar as amigas de Charlotte horrorizadas; entrar na igreja sem o cabelo feito, com certeza, é uma catástrofe para elas.

A palavra *arrependimento* não descreve o que sente em relação a ter aceitado ser madrinha de casamento, porém, ela não aguentava mais os e-mails incessantes de Charlotte e os pedidos infinitos do pai, sem mencionar que sua mãe surpreendentemente apoiou a ideia.

— Sei que ele não é a pessoa que você mais ama no mundo neste momento — disse ela —, e, com certeza, também não é a que mais amo, mas você quer mesmo ver o álbum de fotos depois, talvez com seus filhos, e se arrepender por não estar lá?

Não fazia muita diferença para Hadley, mas ela entendia o argumento. E era mais fácil deixar todo mundo feliz, mesmo que, para isso, precisasse encher o cabelo de laquê, usar um salto alto desconfortável e posar para fotos após a cerimônia. Quando os outros convidados do casamento — as amigas de Charlotte com trinta e poucos anos — ficaram sabendo que uma adolescente americana tinha sido incluída no grupo de e-mail pelo qual se comunicavam, Hadley foi prontamente recebida com uma enxurrada de exclamações. E mesmo que não conhecesse Charlotte e tivesse passado o último ano e meio fazendo de tudo para que isso não mudasse, já sabia suas preferências em relação a vários tópicos acerca do casamento — questões importantes como a escolha entre sandália e sapato fechado, que tipo de flor colocar no buquê e, o pior e mais assustador de tudo, as preferências de lingerie para o chá de panela, ou, como chamam na Inglaterra, o chá de cozinha. A quantidade de e-mails que um casamento conseguia gerar era incrível. Hadley sabia que a maioria das mulheres era do trabalho de Charlotte, na galeria de arte da universidade de Oxford, mas mal dava para acreditar que tivessem um emprego. Combinaram de conhecê-la na manhã do casamento, no hotel, mas teriam que fechar seus vestidos, pintar os olhos e enrolar os cabelos sem ela.

Lá fora, o céu está rosado e as pequenas luzes que delineiam o contorno dos aviões começam a ganhar vida. Hadley vê seu reflexo no vidro: cabelos louros e olhos grandes, a expressão ansiosa e fatigada, como se a viagem já tivesse acontecido. Ajeita-se na cadeira entre um homem mais velho que vira as páginas de um jornal com tanta força que as folhas quase saem voando e uma mulher de meia-idade, com uma blusa de gola rulê com um gato bordado, que está tricotando alguma peça ainda sem formato.

Mais três horas, pensa e abraça a mochila. Chega à conclusão de que não vale a pena ficar contando os minutos para um evento temido; seria melhor dizer que faltam dois dias. Em dois dias, estaria voltando para casa. Em dois dias, poderia fingir que isso jamais aconteceu. Em dois dias, teria sobrevivido ao fim de semana que temeu por uma eternidade.

Arruma novamente a mochila no colo e percebe, um pouco tarde demais, que não fechou o zíper até o fim. Alguns objetos caem no chão. Hadley pega o *gloss* primeiro, depois, as revistas de fofoca, mas quando vai pegar o pesado livro preto que o pai lhe deu, o garoto que está na cadeira oposta se levanta e o pega primeiro.

Dá uma olhada na capa antes de devolver o livro, e ela percebe que ele reconheceu o título. Demora alguns segundos para se dar conta de que o garoto deve ter achado que ela é uma dessas pessoas que lê Dickens no aeroporto. Hadley quase explica para ele que não; na verdade, tem o livro há anos e nunca nem o abriu. Em vez de dizer isso, sorri e olha para a janela a fim de evitar qualquer tentativa de conversa.

Ela não está com vontade de bater papo, nem mesmo com alguém tão bonito quanto ele. Não queria nem estar ali. O dia que a espera é como um ser vivo e pulsante, uma coisa indo em sua direção em alta velocidade; em breve, a coisa vai nocauteá-la. O medo de entrar no avião — e de estar em Londres — é físico e faz com que fique inquieta, balance as pernas e fique mexendo nos dedos.

O homem a seu lado assoa o nariz e, depois, volta a erguer o jornal. Hadley torce para que não seja também o passageiro a seu lado no avião. Sete horas é muito tempo, uma parte muito grande do dia, para ser deixada nas mãos da sorte. Viajar com alguém desconhecido é uma ideia estranha, porém quantas vezes tinha voado para a Flórida, para Chicago ou Denver na companhia de uma pessoa totalmente desconhecida, lado a lado, ombro com ombro, pelo país afora? Viagens de avião são assim: você pode passar horas conversando com uma pessoa sem nem saber seu nome, pode contar seus maiores segredos e, depois, nunca mais vê-la.

O homem se inclina para ler o jornal e seu braço toca o de Hadley. Ela se levanta abruptamente e joga a mochila sobre o ombro. A área de embarque ainda está lotada. Olha para a janela e sente vontade de estar lá fora. Não sabe como vai conseguir ficar sentada ali por mais três horas, mas a ideia de carregar a mala no meio daquela multidão é estressante. Coloca a mala perto da cadeira para que ninguém se sente e fala para a mulher de gola rulê:

— A senhora poderia dar uma olhada na minha mala? — pergunta. A mulher fica segurando as agulhas de crochê e franze a testa.

— Você não devia fazer isso — diz enfaticamente.

— É só por um ou dois minutinhos — explica Hadley.

A mulher balança a cabeça como se não quisesse fazer parte das consequências do ato de Hadley.

— Eu posso tomar conta — diz o garoto.

Hadley olha para ele — olha de verdade — pela primeira vez. Seu cabelo é escuro e meio grande demais, e há migalhas na frente da camisa, mas ele tem alguma coisa interessante. Talvez seja o sotaque, que, com certeza, é britânico, ou a boca tensa, evitando um sorriso. O coração dela bate mais forte.

Ele olha para ela e para a mulher, cujos lábios estão apertados em uma linha tensa, indicando um julgamento negativo.

— Isso é contra a *lei* — diz a mulher e olha para dois seguranças em pé ao lado da praça de alimentação.

Hadley olha novamente para o garoto, que sorri.

— Tudo bem — diz ela —, eu levo a mala. Obrigada mesmo assim.

E começa a pegar as coisas. Coloca o livro embaixo do braço e a mochila sobre o ombro. A mulher nem recolhe os pés para que ela movimente a mala. No final da área de espera, o carpete sem cor termina e dá início ao chão de linóleo. A mala trava na junção de borracha que une os dois pisos e, depois, balança de uma roda para outra. Quando Hadley tenta estabilizá-la, o livro cai de novo. Ela se abaixa para pegá-lo, mas deixa o casaco de moletom cair.

Só pode ser piada, pensa, soprando uma mecha de cabelo que está em seu rosto. Arruma tudo e estica a mão para pegar a mala, mas não acha a alça. Ela se vira e fica surpresa ao ver o garoto a seu lado. Ele está segurando a mala.

— O que você está fazendo? — pergunta, olhando para ele.

— Achei que precisava de ajuda.

Hadley continua olhando.

— E se eu andar com você, vou ajudar sem estar fazendo nada ilegal — observa com um sorriso.

Ela ergue as sobrancelhas e ele estica as costas, demonstrando certa insegurança. Ela pensa na possibilidade de ele estar querendo roubar a mala, mas, se o caso for este, o plano não é muito bom, pois só tem um par de sapatos e um vestido lá dentro, e ela até ficaria feliz em se ver livre deles.

Hadley fica lá parada, perguntando-se o que fez para merecer um guarda costas. No entanto, a multidão está cada vez maior, a mochila está pesada e os olhos do garoto têm um quê de solidão, como se não quisesse ser abandonado naquele momento. Hadley conhece esse sentimento. Depois de alguns segundos, ela concorda. Ele inclina a mala sobre as rodinhas e começam a caminhar.

2

19h12 Hora da Costa Leste
00h12 Hora de Greenwich

Os alto-falantes anunciam que um passageiro vai perder o voo, e Hadley vislumbra a possibilidade de também perder o seu. Como se o garoto pudesse ler sua mente, lança um olhar sobre ela só para ter certeza de que ainda está lá. Ela está feliz por ter companhia, mesmo que seja inusitada.

Eles passam por várias janelas que dão vista para o asfalto no qual os aviões estão alinhados como carros em um desfile. Seu coração acelera quando se lembra de que, em breve, vai ter que entrar num deles. De todos os lugares apertados do mundo, de todos os cantos, buracos e quinas, nada a assusta mais que um avião.

Aconteceu pela primeira vez no ano anterior. Era uma preocupação que dava vertigens, fazia o coração bater acelerado e o estômago se revirar de pânico. Num banheiro de hotel em Aspen, enquanto a neve caía rápida e pesada lá fora, e o pai falava ao telefone no cômodo ao lado, Hadley teve a sensação de que as paredes estavam cada vez mais próximas, esmagando-a com a certeza inabalável de uma geleira. Ficou onde estava e tentou respirar com calma. Seu coração batia tão alto que nem dava para ouvir a voz abafada do pai do outro lado da parede.

— Isso — disse ele —, e teremos mais 15 centímetros hoje à noite, então amanhã vai estar tudo perfeito.

Estavam em Aspen havia dois dias, esforçando-se ao máximo para fingir que aquelas férias eram iguais às outras. Acordavam cedo e iam para as montanhas antes que ficassem lotadas; sentavam-se lado a lado na cabana com as canecas de chocolate quente; jogavam jogos de tabuleiro à noite na frente da lareira. No entanto, a verdade é que passaram tanto tempo *não* falando sobre a falta da mãe que era a única coisa na qual conseguiam pensar.

Além disso, Hadley não era idiota. As pessoas não vão para Oxford para dar aula de poesia durante um semestre e, de repente, decidem que querem se divorciar sem motivo algum. E mesmo que a mãe de Hadley não tivesse falado nada sobre isso — na verdade, ela estava evitando falar sobre o pai —, a filha sabia que a razão devia ser outra mulher.

Havia planejado tirar a limpo a história durante a viagem à estação de esqui. Queria sair do avião e já apontar para ele, indagando por que não voltou mais para casa. Porém, teve um choque quando saiu da área restrita onde ficam as esteiras com malas; o pai, que a esperava, havia mudado muito. Estava com uma barba ruiva que não combinava com o cabelo escuro e um sorriso tão largo que dava para ver toda a gengiva. Não se viam fazia apenas seis meses, mas ele já se tornara quase um estranho. Ela só o reconheceu de novo quando se abraçaram. O cheiro de cigarro e da loção pós-barba, e a voz grave dizendo que sentira saudades eram muito familiares. Por algum motivo, isso foi ainda pior. No final das contas, não são as mudanças que partem o coração, e sim esse quê de familiaridade.

Ela não teve coragem e passou os dois primeiros dias tentando ler o rosto do pai como um mapa, procurando por pistas que pudessem explicar por que sua pequena família se despedaçou de repente. Quando ele foi para a Inglaterra no outono anterior, todos estavam superfelizes. Até então, ele era um professor sem muito prestígio numa universidade de Connecticut, assim o convite para ir para Oxford — que tinha um dos melhores departamentos de literatura do mundo — foi irresistível. No entanto, Hadley ia começar o segundo ano do ensino médio e sua mãe não tinha como abandonar a lojinha de papéis de parede por quatro meses, então decidiram ficar em casa até o Natal e, depois, passar duas semanas passeando pela Inglaterra; a família toda voltaria para casa junta.

Isso obviamente não aconteceu.

A mãe de Hadley simplesmente anunciou que os planos haviam mudado e que passariam o Natal na casa dos avós no Maine. Hadley suspeitou que o pai apareceria de surpresa, mas a noite do Natal chegou e só havia vovó e vovô, e uma quantidade de presentes suficiente para confirmar que estavam tentando compensar a falta de alguma coisa.

Havia dias que Hadley escutava conversas tensas ao telefone entre seus pais e ouvia o som do choro da mãe por meio do sistema de ventilação da casa velha. No entanto, a mãe só anunciou a separação e a notícia de que o pai ficaria em Oxford mais um semestre durante a viagem de carro, voltando do Maine.

— Por enquanto vamos só ficar separados — disse a mãe.

Ela desviou o olhar da estrada para Hadley, que estava estática no assento, absorvendo a notícia aos poucos — primeiro, *Mamãe e papai vão se divorciar*; depois, *Papai não vai mais voltar*.

— Já tem um oceano entre vocês — respondeu. — Dá para ficar mais separado que isso?

— Legalmente — disse a mãe com um suspiro. — Vamos nos separar *legalmente*.

— Vocês não precisam se encontrar antes de decidir uma coisa dessas?

— Ai, filha — disse a mãe tirando uma das mãos do volante para fazer carinho no joelho de Hadley. — Acho que a decisão já foi tomada.

Dois meses depois, lá estava Hadley no banheiro do quarto de hotel em Aspen, segurando a escova de dente e ouvindo o pai conversar no cômodo ao lado. Achou que fosse sua mãe checando se estava tudo bem, chegou até a ficar feliz, mas aí ouviu o pai dizendo um nome — *Charlotte* — antes de baixar o tom de voz de novo.

— Não, tudo bem — disse ele —, ela está no toalete.

Hadley sentiu o corpo gelado; ficou se perguntando em que momento o pai havia se tornado uma pessoa que diz "toalete", que conversa com gente estranha em telefones de hotel, que leva a filha para esquiar como se fosse fazer diferença, como uma promessa, e aí volta para sua nova vida como se nada tivesse acontecido.

Respirou fundo, sentindo os pés frios no chão de ladrilhos.

— Eu sei — disse ele com voz suave. — Estou com saudades também, amor.

É claro, pensou Hadley fechando os olhos. *É claro*.

Hadley tinha razão, mas isso não fez com que a situação ficasse melhor. Sentiu uma ponta de ressentimento. Era como um caroço de pêssego, uma coisa pequena, dura e má, uma amargura que certamente nunca se dissolveria.

Afastou-se da porta, sentindo a garganta apertada e o peito doendo. Viu no espelho que seu rosto estava ficando vermelho, e a visão ficou embaçada por causa do calor. Apertou as bordas da pia até as juntas ficarem brancas e se forçou a esperar o pai sair do telefone.

— O que houve? — perguntou, quando ela finalmente saiu do banheiro, passou por ele sem dizer nada e se jogou em uma das camas. — Está tudo bem?

— Tudo — respondeu Hadley.

O mesmo aconteceu no outro dia.

Na manhã seguinte, estavam descendo de elevador para o saguão — ela já sentia calor por causa das roupas de esqui — e, depois de um solavanco, ficaram presos. Eram as únicas pessoas lá dentro. Trocaram um olhar vazio até que o pai apertou o botão de emergência.

— Droga de elevador.

Hadley olhou para ele.

— Você não quis dizer *merda* de elevador?

— O quê?

— Nada — murmurou ela e começou a apertar todos os botões, acendendo um por um, enquanto o pânico aumentava.

— Acho que não vai adiantar fazer isso... — disse o pai até perceber que alguma coisa parecia errada. — Você está bem?

Hadley puxou a gola da jaqueta de esqui e abriu o casaco.

— Não — respondeu com o coração batendo forte. — Sim. Não sei. Quero sair daqui.

— Eles já vão chegar — disse —, não podemos fazer nada até...

— Não, pai, *agora* — respondeu um tanto fora de controle.

Era a primeira vez que o chamava de pai desde que haviam chegado a Aspen; até então, estava evitando chamá-lo de qualquer coisa.

O pai olhou em volta do pequeno elevador.

— Você está tendo um ataque de pânico? — perguntou preocupado. — Já teve isso? Sua mãe...

Hadley balançou a cabeça. Não sabia o que estava acontecendo; só sabia que tinha que sair dali *naquele instante*.

— Eles vão chegar daqui a pouco, está bem? — disse o pai, segurando-a pelos ombros para que ela o encarasse. — Olhe para mim. Não pense neste lugar.

— Tá bem — murmurou, rangendo os dentes.

— Muito bem — respondeu. — Pense em outro lugar. Um lugar aberto.

Ela tentou se acalmar e pensar em alguma coisa branda, mas o cérebro não cooperava. Estava quente e não dava para se concentrar.

— Finja que está na praia — disse ele —, ou no céu! Pense no céu, está bem? Pense em como é grande, como não dá para ver seu fim.

Hadley fechou os olhos e se forçou a pensar nisso, no azul vasto e infinito manchado por algumas nuvens. Com uma profundidade, um tamanho tão exagerado, que era impossível saber onde terminava. Sentiu o coração desacelerar, a respiração ficar mais calma e relaxou as mãos. Quando abriu os olhos de novo, o rosto do pai estava diante do seu, com os olhos arregalados de preocupação. Ficaram se olhando pelo que pareceu uma eternidade, e Hadley percebeu que era a primeira vez que se permitia olhar nos olhos do pai desde que se encontraram.

Depois de alguns instantes, o elevador se moveu. Ela respirou fundo. Ficaram em silêncio, ambos sensibilizados e ansiosos para sair do hotel e admirar o azul infinito do céu.

Agora, no meio do terminal lotado, Hadley tem que parar de olhar para a janela e para os aviões enfileirados como se fossem de brinquedo. Sente uma pontada no estômago de novo; o único momento em que imaginar o céu não ajuda é quando você está a trinta mil pés de altura e o único caminho que pode percorrer é para baixo.

O garoto ainda está esperando por ela, segurando a mala. Sorri quando ela finalmente se aproxima. Vira no corredor, que está lotado, e Hadley tem que se apressar para acompanhá-lo. Está tão concentrada em seguir sua camisa azul que quase tromba com ele quando param. Ele é bem mais alto que ela, e tem que inclinar a cabeça para falar.

— Nem perguntei aonde você está indo.

— Londres — responde, e ele ri.

— Não, quis dizer *agora*. Aonde está indo agora?

— Ah — diz ela, passando a mão sobre a testa. — Na verdade, não sei. Jantar, talvez? Só não queria ficar lá para sempre.

Não é verdade; estava indo ao banheiro, mas não teve coragem de dizer isso. Ver o garoto do lado de fora do banheiro, esperando educadamente enquanto ela entrava na fila era demais.

— Tá — diz, olhando para ela. Seu cabelo cobre a testa. Ela nota que ele tem uma covinha na bochecha quando ri, o que produz um efeito estranho de fofura, mas também de alguma coisa torta. — Aonde, então?

Hadley fica na ponta dos pés e se vira para dar uma olhada nas opções: uma coleção sem graça de balcões vendendo pizza e hambúrguer. Não tem certeza se ele também vai comer, e essa possibilidade faz com que a decisão fique difícil; dá para sentir que o garoto está esperando. Seu corpo está tenso e ela tenta decidir qual opção vai lhe trazer menos chances de ficar toda suja de comida, caso ele decida ir junto.

Depois de uma eternidade, ela aponta para uma *delicatessen* ali perto. Ele sai andando na direção da loja com determinação, carregando a mala vermelha. Chegando lá, põe novamente a bolsa no ombro e dá uma olhada no menu.

— Boa ideia — diz —, a comida do avião vai ser bem ruim.

— Para onde você vai? — pergunta Hadley quando entram na fila.

— Para Londres também.

— É mesmo? Qual assento?

Ele coloca a mão no bolso de trás do jeans e pega a passagem dobrada no meio com as pontas enrugadas.

— 18C.

— Estou no 18A — diz, e ele sorri.

— Quase lá.

Ela faz sinal com a cabeça para a bolsa porta-terno que ele ainda carrega nos ombros.

— Tem um casamento também?

Ele hesita e depois levanta o queixo em concordância.

— Eu também — diz ela. — Imagine se for o mesmo!

— Não deve ser — responde, olhando para ela com uma expressão estranha. Ela se sente boba.

É claro que não é o mesmo casamento. Ela não queria que ele achasse que sua impressão de Londres é de uma cidadezinha qualquer na qual todo mundo se conhece. Hadley nunca havia saído do país, mas sabe que Londres é enorme; com a pouca experiência que tem, a cidade parece ser grande o suficiente para que duas pessoas nunca se encontrem.

Parece que o garoto quer falar alguma coisa, mas se vira e aponta para o menu.

— Já sabe o que quer?

Se eu já sei o que quero?

Hadley pensa sobre a pergunta.

Ela quer ir para casa.

Quer que seu lar volte a ser o que era.

Quer ir para qualquer lugar, menos para o casamento do pai.

Quer *estar* em qualquer lugar que não seja este aeroporto.

Quer saber o nome dele.

Depois de certo tempo, olha para ele.

— Não sei o que quero — responde. — Ainda estou decidindo.

3

19h32 Hora da Costa Leste
00h32 Hora de Greenwich

Apesar de ter pedido o sanduíche de peru sem maionese, Hadley vê a pasta branca saindo pelo pão ao levar a comida até uma mesa vazia. Sente-se enjoada. Tenta decidir se é melhor sofrer comendo aquilo ou tirar toda a maionese e parecer uma idiota. Decide parecer uma idiota e ignora as sobrancelhas levantadas do garoto enquanto disseca o jantar com a minúcia de um experimento biológico. Franze o nariz e separa a alface e o tomate, livrando os pedaços do sanduíche dos glóbulos brancos.

— Você faz isso muito bem — diz ele com a boca cheia de rosbife, e Hadley concorda.

— Tenho medo de maionese, então me especializei nisso.

— Você tem medo de *maionese*?

Ela concorda.

— É meu medo número três ou quatro.

— Quais são os outros? — pergunta com um sorriso. — Quero dizer, o que *pode* ser mais assustador que maionese?

— Dentistas — diz Hadley. — Aranhas. Fogões.

— Fogões? Então você não deve gostar muito de cozinhar.
— E lugares pequenos — diz com calma.
Ele inclina a cabeça para o lado.
— Então como consegue entrar em aviões?
Hadley encolhe os ombros.
— Fico com medo e torço para que dê tudo certo.
— Boa tática — responde ele, rindo. — Funciona?

Ela sente uma onda de ansiedade e não responde. É até pior quando esquece que vai entrar em um avião, porque o medo sempre volta com mais força, como um bumerangue fora de controle.

— Bem — diz o garoto, apoiando os cotovelos sobre a mesa —, a claustrofobia não é nada comparada com a maionesefobia, e você está se saindo muito bem. — Ele aponta para a faca cheia de maionese e pedaços de pão que ela está segurando. Hadley sorri para ele agradecida.

Eles comem e olham para a televisão no canto da lanchonete. Estão mostrando informações atualizadas sobre o tempo. Hadley tenta se concentrar na comida, mas não consegue deixar de olhar para ele de vez em quando. Sempre que o faz, seu estômago dá um salto que não tem nada a ver com a maionese que não conseguiu tirar do sanduíche.

Ela só teve um namorado na vida: Mitchell Kelly. Ele era atleta, descomplicado e infinitamente chato. Namoraram a maior parte do ano passado e, apesar de ela adorar vê-lo jogando futebol (gostava quando acenava para ela) e de gostar de se encontrar com ele no corredor da escola (ele sempre a levantava com um abraço) e de ter chorado com as amigas quando ele terminou com ela, era óbvio que o curto relacionamento foi um erro.

Parece impossível que tenha gostado de alguém como Mitchell quando existia uma pessoa como aquele garoto no mundo, alto e elegante, com os cabelos desarrumados, olhos verdes e mostarda no queixo, como se fosse uma pequena imperfeição que faz com que o quadro todo fique mais bonito.

Será que é possível, de repente, descobrir o tipo de que você gosta, mesmo quando se acha que nem *tem* um tipo?

Hadley amassa um guardanapo embaixo da mesa. Ela se dá conta de que o apelidou de "O britânico" em seus pensamentos, então finalmente se inclina para a frente, cata as migalhas do sanduíche e pergunta seu nome.

— Pois é — diz, olhando para ela —, acho que geralmente *essa* parte vem primeiro, né? É Oliver.

— Tipo Oliver Twist?

— Nossa — responde com um sorriso. — E ainda dizem que os americanos são burros.

Ela aperta os olhos, fingindo estar zangada.

— Engraçadinho.

— E você?

— Hadley.

— Hadley — repete, balançando a cabeça. — Gostei.

Ela sabe que ele está se referindo ao nome, mas se sente lisonjeada. Talvez seja o sotaque ou a maneira interessada como a olha, mas tem alguma coisa nele que faz com que seu coração acelere, que nem quando leva um susto. Talvez seja isso: a situação toda é muito surpreendente. Ficou tanto tempo preocupada com a viagem que não estava preparada para que alguma coisa boa acontecesse, alguma coisa inesperada.

— Você não vai comer o picles? — pergunta ele, inclinando-se para a frente. Hadley faz que não com a cabeça e empurra o prato. Ele come tudo com apenas duas mordidas e encosta na cadeira. — Já esteve em Londres?

— Nunca — responde enfaticamente.

Ele ri.

— Não é *tão* ruim assim.

— Não, não acho que seja — diz, mordendo o lábio. — Você mora lá?

— Cresci lá.

— Então mora onde agora?

— Em Connecticut mesmo — diz. — Estudo em Yale.

Hadley não consegue esconder o choque.

— Jura?

— Por quê? Não tenho cara de um estudante de Yale?

— Não, é que é tão *perto*.

— Do quê?

Não era para ter dito isso. Fica com vergonha.

— De onde eu moro — informa, e começa a falar rápido. — É que, com esse sotaque, achei que você...

— Fosse um trombadinha das ruas de Londres?

Hadley balança a cabeça e fica com vergonha, mas ele ri.

— Estou brincando — diz. — Acabei de terminar o primeiro ano.

— E por que não está em casa para curtir o verão?

— Gosto daqui — diz ele, encolhendo os ombros. — E também ganhei uma bolsa de pesquisa para o verão, então sou meio que obrigado a ficar.

— Que tipo de pesquisa?

— Estou estudando o processo de fermentação da maionese.

— Mentira — responde Hadley, rindo, enquanto Oliver franze o rosto.

— Verdade — diz ele. — É um trabalho muito importante. Sabia que 24 por cento de toda a maionese do mundo é, na verdade, feita com sorvete de baunilha?

— Isso deve ser *muito* importante — fala —, mas o que você está estudando?

Um homem esbarra na cadeira de Hadley e segue andando sem pedir desculpas. Oliver sorri.

— Padrões de congestionamento em aeroportos americanos.

— Você é ridículo — diz Hadley, balançando a cabeça. Dá uma olhada no corredor lotado. — Mas se conseguisse dar um jeito nessa multidão, eu ia adorar. Detesto aeroportos.

— Sério? — pergunta Oliver. — Amo aeroportos.

Hadley fica na dúvida se ainda está zombando dela, mas ele continua a falar com seriedade.

— Eu gosto da sensação de não estar nem lá nem cá. E de que é um lugar para se esperar por alguma coisa. Você fica meio... em suspenso.

— Isso não teria problema — diz ela, mexendo no lacre de metal da lata de refrigerante — se não fosse pela multidão.

Ele olha em volta.

— Nem sempre fica tão cheio assim.

— Para mim, está sempre muito cheio.

Ela olha para as telas de partidas e chegadas. Várias luzes verdes piscam indicando atrasos e cancelamentos.

— Ainda temos tempo — diz Oliver. Hadley suspira.

— Eu sei, mas perdi meu outro voo, então já estou de saco cheio.

— Era para você ter embarcado no último?

Ela faz que sim.

— Que horas é o casamento?
— Meio-dia — diz, franzindo o rosto.
— Vai ser meio difícil chegar na hora.
— Já me disseram isso — responde. — E o seu?
Ele baixa os olhos.
— Tenho que estar na igreja às duas.
— Então dá tempo.
— É — diz —, acho que sim.

Ficam em silêncio, olhando para a mesa até que um som abafado de celular toca no bolso de Oliver. Ele pega o aparelho e fica olhando intensamente para a tela, até que finalmente resolve se levantar.

— Tenho que atender — diz e se afasta. — Desculpa.
Hadley move uma das mãos.
— Tudo bem — responde. — Pode ir.

Ela o observa abrindo caminho pelo meio da multidão com o telefone na orelha. Postura curvada, cabeça abaixada, ombros caídos, nuca inclinada; parece um tanto diferente do Oliver que estava conversando com ela agora há pouco. Quem será que está do outro lado da linha? Pode ser uma namorada, alguma aluna linda e brilhante de Yale que usa óculos modernos e casaco grosso de lã, e que nunca seria tão desorganizada a ponto de perder um voo por quatro minutos.

Hadley se surpreende ao perceber a rapidez com que rejeita essa ideia.

Olha para o próprio celular e acha melhor ligar para a mãe e avisar sobre a troca de voos. Contudo, sente-se enjoada ao lembrar-se da despedida mais cedo, o caminho até o aeroporto em total silêncio e o discurso imperdoável de Hadley na saída. Sabe que tem certa tendência a falar sem pensar — o pai sempre brincava dizendo que nasceu sem filtro —, mas como esperar que fosse completamente racional neste dia, temido há meses?

Acordou de manhã sentindo-se muito tensa; seu pescoço e ombros doíam e a cabeça latejava um pouco. Não era apenas o casamento ou o fato de ser obrigada a conhecer Charlotte, a noiva que ela estava tentando fingir que nem existia; é que este fim de semana fatal marcaria o fim oficial de sua família.

Hadley sabe que não está num filme da Disney. Seus pais não vão ficar juntos de novo. A verdade é que ela nem *quer* que isso aconteça. O pai está obviamente feliz, e a mãe também parece estar melhor, namorando o dentista Harrison Doyle há mais de um ano. Mesmo assim, o casamento coloca um ponto-final numa frase que nem devia ter terminado, e Hadley não sabe se consegue aguentar isso.

No final das contas, não lhe deram outra opção.

— Ele continua sendo seu pai. — Era o que a mãe dizia. — É óbvio que ele não é perfeito, mas é importante que você esteja lá. É só um dia. Ele não está pedindo tanto assim.

Para Hadley, parecia *muito*, parecia que ele estava pedindo várias coisas: perdão, que passassem mais tempo juntos, uma chance para Charlotte. Ele pedia, pedia, pedia e nunca dava nada. Ela queria sacudir a mãe para ver se ela se tocava. Ele havia acabado com a confiança delas, partira o coração da mãe, destruíra sua família. E agora ia se casar com uma mulher qualquer, como se nada disso tivesse importância. Como se fosse mais fácil começar tudo de novo do que consertar o que havia sido estragado.

A mãe sempre insistia em dizer que os três estavam melhor assim.

— Sei que é difícil acreditar — dizia com uma lucidez enlouquecedora —, mas foi melhor assim. Foi mesmo. Um dia você vai entender.

Hadley, porém, tinha certeza de que já entendia e achava que era a mãe quem ainda não havia entendido tudo. Leva certo tempo entre a ferroada, a dor e a consciência do que aconteceu. Naquelas primeiras semanas depois do Natal, ficou acordada durante a noite ouvindo o som da mãe choramingando; por alguns dias, a mãe se recusou a falar com o pai. Depois, só falava nele. Ficava nesse vai e vem até que, certo dia, umas seis semanas depois, ela voltou a si, repentinamente e sem alarde, irradiando uma aceitação branda que ainda era um mistério para Hadley.

Mas as cicatrizes existiam. Harrison já a pedira em casamento três vezes, cada uma de forma mais criativa — um piquenique romântico, um anel dentro da taça de champanhe e, finalmente, um quarteto de cordas no parque —, mas ela tinha dito não, não e não. Hadley sabia que era porque a mãe ainda não havia se recuperado do que tinha acontecido entra ela e o pai. Não tem como passar por um choque daqueles sem ficar com marcas.

Sendo assim, estando a poucas horas de se deparar com a fonte de todos os problemas, Hadley acordou de mau humor. Se tudo tivesse corrido bem, esse mau humor poderia ter virado alguns comentários sarcásticos e poucas reclamações no caminho até o aeroporto. No entanto, teve a mensagem de Charlotte para começar. Era um lembrete da hora em que devia estar no hotel para se arrumar. O som do sotaque britânico deixou Hadley no limite, o que indicava que o resto do dia estava arruinado.

Depois, é claro, a mala não queria fechar, e a mãe não aprovou o par de brincos que ela queria usar na cerimônia e perguntou 85 vezes se estava com o passaporte. A torrada ficou queimada e caiu geleia no casaco de moletom de Hadley. Quando dirigiu até a farmácia para comprar uma embalagem pequena de xampu, começou a chover e um dos para-brisas escangalhou. Teve que esperar por 45 minutos num posto de gasolina atrás de um cara que não sabia nem checar o óleo do carro. Então, quando entrou em casa e jogou as chaves do carro sobre a mesa da cozinha, não estava com vontade de responder pela octogésima sexta vez se estava com o passaporte.

— *Sim*, mãe — retrucou —, *estou* com o passaporte.

— Só estou perguntando — disse a mãe, erguendo as sobrancelhas inocentemente. Hadley olhou para ela revoltada.

— Vai querer me levar até dentro do avião também?

— Como assim?

— Ou talvez até Londres para ter certeza de que fui?

— Hadley — respondeu a mãe em tom de aviso.

— Por que *eu* sou a única que precisa ver meu pai se casando com aquela mulher? Não entendo por que tenho que ir, ainda mais sozinha.

A mãe tocou os lábios e fez uma expressão inconfundível de frustração, mas, naquele momento, já não estava ligando.

Foram para o aeroporto em silêncio profundo, por causa das brigas que já se estendiam por semanas. Quando estacionaram na área de embarque, o corpo todo de Hadley parecia estar tinindo com uma energia nervosa.

A mãe desligou o motor, mas nenhuma das duas saiu do carro.

— Vai dar tudo certo — disse com voz calma. — Tudo.
Hadley se virou para ela.
— Ele vai se *casar*, mãe. Como é que isso pode dar certo?
— Eu só acho que é importante que você esteja lá...
— Eu sei — respondeu Hadley, cortando a mãe —, você já falou isso.
— Vai dar tudo certo — repetiu.
Hadley pegou o casaco e tirou o cinto de segurança.
— Então a culpa é sua se alguma coisa acontecer.
— Se acontecer o quê, por exemplo? — perguntou a mãe preocupada.
Hadley, sentindo um tipo de raiva que a tornava invencível e muito jovem ao mesmo tempo, esticou a mão para abrir a porta.
— Tipo se o avião cair ou alguma coisa assim — disse sem nem saber por que dizia aquilo. Estava chateada, frustrada e com medo; é assim que uma frase dessas acaba saindo. — Aí você finalmente vai ter conseguido perder nós *dois*.
Ficaram se olhando. As palavras, terríveis e irrecuperáveis, assentaram entre elas como tijolos. Hadley finalmente saiu do carro, jogou a mochila sobre o ombro e pegou a mala no banco de trás.
— Hadley — chamou a mãe, saindo do veículo e olhando para a filha por cima do teto do carro —, não...
— Ligo quando chegar — disse, indo para o terminal.
Sentiu o olhar da mãe acompanhando-a, porém algum instinto frágil, um tipo de orgulho desnecessário, fez com que se recusasse a olhar para trás.
Agora, sentada na lanchonete, digita números no celular. Respira fundo antes de completar a ligação. Seu coração bate lento e forte.

As palavras que dissera ainda ecoam em sua mente; Hadley não é supersticiosa, mas ter mencionado a possibilidade de um acidente de avião de maneira tão descuidada logo antes de viajar não foi legal. Pensa no avião que devia ter pegado, que já estaria sobrevoando o oceano, e sente uma pontada aguda de arrependimento. Tomara que não tenha desarrumado o funcionamento misterioso do tempo e do destino.

Sente-se um tanto aliviada com a voz da caixa postal do celular da mãe. Começa a falar sobre a mudança de voos e vê Oliver se aproximando. Ela detecta alguma coisa familiar em seu rosto, algo parecido com a mesma preocupação torturante que está sentindo, porém, assim que a vê, alguma coisa muda. Ele volta ao normal, tranquilo e até feliz, com um sorriso leve iluminando o rosto.

Hadley para de falar no meio da mensagem. Oliver aponta para o telefone, pega a mochila e indica o portão de embarque. Ela abre a boca para informar que não vai demorar, mas ele já se foi, então termina a mensagem rapidamente.

— Ligo quando chegar amanhã — diz ao telefone com a voz um tanto fraca. — E, mãe... desculpa pelo que falei, tá? Foi sem querer.

De volta ao portão de embarque, procura pela camisa azul de Oliver, mas não a encontra. Em vez de esperar por ele no meio da multidão de viajantes inquietos, dá a volta e vai ao banheiro. Passa por uma lojinha, pela livraria e pela banca de jornal. Fica andando sem rumo até que a hora do embarque finalmente chega.

Ao entrar na fila, Hadley percebe que está tão cansada que nem consegue ficar ansiosa. Parece que está ali há dias, e ainda tem muitas outras coisas com as quais se preocupar: o espaço pequeno da aeronave, o sentimento de pânico que vem por causa da falta de rotas de fuga. Tem o casamento e a festa, conhecer Charlotte, ver o pai pela primeira vez em mais de um ano. Por enquanto, o melhor a fazer é colocar os fones no ouvido, fechar os olhos e dormir. Ser levada por cima do oceano sem que faça nenhum esforço até parece um milagre.

Quando chega a sua vez de entregar a passagem, o comissário de bigode dá um sorriso.

— Está com medo do voo?

Hadley procura relaxar as mãos. Está segurando a alça da mala com muita força, as juntas dos dedos estão brancas de novo. Dá um sorriso sem graça.

— Estou com medo da aterrissagem — responde e entra no avião.

4

21h58 Hora da Costa Leste
02h58 Hora de Greenwich

Quando Oliver aparece no corredor do avião, Hadley já está sentada à janela com o cinto de segurança afivelado e a mala devidamente guardada no compartimento superior. Passou os últimos sete minutos fingindo que está tudo bem. Ficou contando os aviões lá fora e examinando a estampa do estofado do assento da frente. A verdade é que estava esperando por ele. Quando finalmente chega e se senta na mesma fileira que ela, Hadley fica vermelha sem motivo, só porque ele está olhando para ela com aquele sorrisinho torto. Ela sente uma eletricidade estranha no corpo quando ele está por perto. Será que ele sente o mesmo?

— Perdi você de vista — diz.

Ela faz que sim com a cabeça, feliz por ter sido encontrada de novo.

Colocando a mochila no compartimento de malas, senta-se ao lado dela, no assento do meio. Arruma as pernas à frente, de maneira estranha, e se ajeita entre os apoios para braços. Hadley dá uma olhada nele e seu coração bate forte em resposta à proximidade entre os dois e à maneira casual com que ele se aproxima.

— Vou ficar aqui um pouco — diz, encostando-se no assento —, até aparecer alguém.

Ela já está pensando na história que vai contar para as amigas: que conheceu um garoto fofo com sotaque lindo no avião e que conversaram durante toda a viagem. O lado prático de Hadley, porém, está preocupado com a chegada em Londres na manhã seguinte para o casamento do pai, sem que tenha dormido. Como conseguiria dormir com ele tão perto dela? Seus ombros estão se tocando e os joelhos estão quase encostados; o cheiro dele é estonteante, uma mistura maravilhosa de desodorante e xampu.

Ele pega algumas coisas no bolso. Mexe em várias notas de dinheiro até que encontra uma bala coberta por alguns fiapos, que, primeiro, oferece a ela e, em seguida, come.

— Quantos anos tem essa bala? — pergunta ela com nariz franzido.

— Milênios. Acho que foi a bala que peguei do lixo em casa na última vez que estive lá.

— Já sei — diz ela —, isso faz parte de um experimento para ver os efeitos do açúcar com o passar do tempo.

Ele sorri.

— Tipo isso.

— O que você estuda de verdade?

— É secreto — diz com expressão séria. — Você parece ser uma pessoa legal, então não quero ter que te matar.

— Nossa, obrigada — responde. — Pelo menos posso saber o que você quer estudar na faculdade? Ou é segredo também?

— Provavelmente psicologia — diz ele —, mas ainda estou decidindo.

— Ah — diz Hadley —, *agora* entendi as piadas.

Oliver ri.

— Você chama de piada, eu chamo de pesquisa.

— Acho melhor ter cuidado com o que digo, já que estou sendo analisada.

— Verdade — responde. — Estou de olho em você.

— E?

Ele esboça um sorriso no canto da boca.

— Ainda é cedo para tirar conclusões.

Uma senhora para ao lado dele e examina o bilhete de embarque. Está usando um vestido florido e tem o cabelo tão branco e fino que dá para ver o couro cabeludo. Seus dedos trêmulos apontam para o número dos assentos.

— Acho que você está no meu lugar — fala, dobrando as pontas do bilhete. Oliver se levanta tão rápido, que bate a cabeça no painel do ar-condicionado.

— Desculpe — diz. Tenta sair do caminho, mas é difícil se mover num espaço tão pequeno. — Eu me sentei ali só por alguns minutos.

A mulher olha para ele com cuidado e depois para Hadley. Os dois percebem o que está se passando na cabeça dela quando aperta os olhos para analisá-los.

— Ah — diz a velhinha, batendo as mãos apenas uma vez —, não percebi que estão *juntos*. — Coloca a bolsa no assento da ponta. — Podem ficar aí. Aqui está bom para mim.

Oliver prende uma gargalhada, mas ela está preocupada porque ele perdeu o melhor lugar. Quem gosta de ficar no assento do meio durante sete horas? A mulher se senta sobre o tecido áspero da cadeira e Oliver sorri para Hadley. Ela acaba se sentindo aliviada. A verdade é que, agora que ele está ao seu lado, não dá para imaginar a viagem de outra maneira. Agora que está lá, imagina que cruzar o oceano com alguém entre eles seria uma tortura.

— Então — pergunta a mulher, retirando da bolsa um par de tapa-ouvidos de espuma. — Como vocês se conheceram?

Eles se olham rapidamente.

— Acredite se quiser — diz Oliver —, foi neste aeroporto.

— Que incrível! — exclama, parecendo realmente surpresa. — E como foi?

— Bem — explica Oliver, sentando-se —, eu fui gentil, na verdade, e ofereci ajuda com a mala. Aí começamos a conversar e uma coisa levou à outra...

Hadley sorri.

— E ele está carregando a minha mala desde então.

— É o que um cavalheiro de verdade faria — diz Oliver com modéstia exagerada.

— Especialmente os mais gentis.

A senhora parece encantada com aquilo. Seu rosto se transforma num mapa cheio de rugas.

— E aqui estão vocês.

Oliver sorri.

— Aqui estamos.

Hadley fica surpresa com a vontade que cresce dentro dela: a vontade de que tudo fosse verdade, que fosse mais que uma história. Que fosse a história *deles*.

Ele se vira para ela e o encanto se quebra. Seus olhos estão praticamente brilhando com a brincadeira e ele lança um olhar para ver se ela ainda está achando graça. Hadley consegue dar um sorriso e ele volta a olhar para a velhinha, que começou a contar como conheceu o marido...

Esse tipo de coisa não acontece, pensa. Não na vida real. Não com ela.

— ... e nosso filho mais novo tem 42 anos — diz a senhora para Oliver. A pele de seu pescoço é mole e treme como gelatina quando fala. Hadley toca o próprio pescoço e passa o dedão pela garganta. — E vamos fazer 52 anos juntos em agosto.

— Nossa! — diz Oliver — Isso é incrível.

— Não diria que é incrível — diz a senhora piscando. — É fácil quando você acha a pessoa certa.

Os corredores já estão livres, exceto pela equipe de comissários, que fica caminhando, vendo se todos os passageiros estão usando os cintos de segurança. A mulher pega a garrafa de água e abre uma das mãos, que mostra um calmante.

— Quando você chega ao final dos 52 anos — explica —, parece que foram apenas 52 minutos. — Ela inclina a cabeça para trás e engole a pílula. — Da mesma maneira que quando você é *jovem* e está apaixonado, sete horas num avião pode parecer uma eternidade.

Oliver coloca as mãos sobre os joelhos, que estão encostados no assento da frente.

— Espero que não — brinca, mas a mulher apenas sorri.

— Com certeza — fala e coloca os tapa-ouvidos, um de cada vez. — Tenham um bom voo.

— A senhora também — diz Hadley, mas a cabeça dela já está caída para o lado e, de repente, começa a roncar.

Sob seus pés, o avião começa a vibrar quando os motores são acionados. Um dos comissários anuncia que é proibido fumar e que todos devem permanecer sentados até que o piloto tenha desligado o aviso de apertar os cintos. Uma das comissárias demonstra o uso seguro dos equipamentos de flutuação e das máscaras de oxigênio. Suas palavras são como um mantra vazio e automático. A maioria dos passageiros a ignora e prefere folhear jornais e revistas, desligar seus celulares ou começar a ler algum livro.

Hadley pega as instruções de segurança no bolso do assento da frente e franze o rosto vendo os desenhos de homens e mulheres que parecem estar se divertindo por terem que sair do avião numa emergência. A seu lado, Oliver se mexe na cadeira e ela olha para ele.

— O que foi?

— Nunca vi uma pessoa ler essas instruções.

— Então é sorte sua estar sentado a meu lado — responde.

— Sorte minha em geral?

Ela sorri.

— Especialmente em casos de emergência.

— Tá certo — diz ele. — Estou me sentindo muito seguro. Quando ficar inconsciente e bater a cabeça na mesinha quero só ver você com esse tamanho me carregando para fora do avião.

Ela fica séria.

— Não brinque com isso.

— Foi mal — responde ele, aproximando-se ainda mais dela. Coloca uma das mãos sobre seu joelho, um ato tão inconsciente que ele só percebe quando Hadley olha para ele, surpresa com aquela palma quente contra a perna descoberta. Ele retira a mão abruptamente, meio chocado, e balança a cabeça. — O voo vai ser perfeito. Falei brincando.

— Eu sei — diz ela em voz baixa. — Geralmente não sou tão supersticiosa.

Lá fora, alguns homens com coletes amarelos estão dando a volta no avião. Hadley se inclina para tentar ver. A senhora no assento da ponta tosse enquanto dorme. Os dois se viram para ela, mas está dormindo profundamente.

— Cinquenta e dois anos — diz Oliver e assobia baixinho. — Incrível.

— Eu acho que nem acredito em casamento — diz Hadley.

Oliver parece surpreso.

— Você não está indo para um?

— Estou — concorda. — Mas não foi isso que quis dizer.

Ele fica olhando para ela sem entender.

— Não devia ser uma coisa tão grande a ponto de uma pessoa ter que viajar meio mundo para assistir. Se você quer viver a vida com alguém, tudo bem, mas é entre duas pessoas e isso devia ser o suficiente. Para que o show? Por que ficar esfregando na cara de todo mundo?

Oliver passa a mão no queixo sem saber o que pensar.

— Acho que você não acredita em festas de casamento — diz, finalmente —, e não no casamento em si.

— Neste momento, acho que não gosto muito de nenhum dos dois.

— Não sei — comenta ele. — Acho que são legais.

— Não são — insiste ela. — É tudo um show. Se o sentimento é verdadeiro, não precisa ficar mostrando para os outros. Tudo devia ser mais simples e ter um significado de verdade.

— Mas acho que tem — responde Oliver com calma. — É uma promessa.

— Deve ser — responde ela, sem conseguir conter um suspiro —, mas nem todo mundo consegue cumprir essa promessa. — Ela olha para a mulher, que ainda dorme. — Nem todo mundo fica 52 anos juntos, e se ficam, não faz a mínima diferença se você faz uma promessa na frente de todo mundo. O importante é que você teve uma pessoa ao seu lado o tempo todo. Até mesmo quando tudo está dando errado.

Ele ri.

— Casamento: para quando tudo der errado.

— É sério — insiste Hadley. — Que outra maneira de saber que valeu a pena, a não ser tendo uma pessoa lá para segurar sua mão nos momentos ruins?

— Então é isso? — pergunta Oliver. — Nada de festa, nada de casamento; é só uma pessoa segurando sua mão quando as coisas estão indo mal?

— É isso — concorda ela.

Oliver balança a cabeça, pensativo.

— *De quem* é esse casamento? De algum ex-namorado?

Hadley não consegue conter uma gargalhada.

— O que foi?

— O meu ex-namorado passa a maior parte do tempo jogando videogame e, no tempo que sobra, entrega pizza. É engraçado imaginá-lo como o noivo de alguém.

— Achei que você fosse um pouco jovem demais para ter um ex-namorado.

— Tenho 17 anos — responde indignada.

Ele levanta as mãos em sinal de rendição.

O avião começa a se afastar do portão e Oliver se aproxima da janela. Veem-se luzes em todo o horizonte, como reflexos das estrelas, que formam grandes constelações na pista, na qual vários aviões esperam sua vez. Hadley junta as mãos no colo e respira fundo.

— Então — diz Oliver, encostando-se no assento novamente —, acho que fomos direto para o final, não é?
— Como assim?
— Essas discussões sobre o verdadeiro significado do amor geralmente acontecem depois de três meses, não de três horas.
— Pelo que ela falou — diz Hadley indicando a senhora ao lado de Oliver —, três horas são como três anos.
— Sim, mas só se você estiver apaixonada.
— Verdade. Então não é o nosso caso.
— Não — concorda Oliver com um sorriso. — Não é o nosso caso. Uma hora é uma hora, e estamos fazendo tudo errado.
— Por quê?
— Sei o que você pensa sobre casamento, mas nem descobrimos as coisas importantes ainda, tipo: qual sua cor favorita e do que mais gosta de comer.
— Azul e comida mexicana.
Ele concorda.
— Respeitável. Para mim, é verde e *curry*.
— Curry? — Ela franze o rosto. — Jura?
— Pode parar — diz ele. — Sem julgamentos. O que mais?
As luzes da cabine diminuem para que o avião decole. A rotação dos motores aumenta, e Hadley fecha os olhos por um instante.
— Que mais o quê?
— Animal favorito?
— Sei lá — diz ela, abrindo os olhos de novo. — Cachorro?
Oliver balança a cabeça.
— Não tem graça. Diz outro.
— Elefante então.

— É mesmo?

Hadley faz que sim com a cabeça.

— Por quê?

— Quando eu era criança, não conseguia dormir sem meu elefante de pelúcia — explica, sem saber ao certo por que se lembrou daquilo nesse momento. Talvez seja porque está prestes a reencontrar o pai ou, talvez, por causa do chacoalhar do avião, que faz com que deseje ter seu cobertor preferido da infância para protegê-la.

— Não sei se isso vale.

— Você não conheceu o Elefantinho.

Ele ri.

— Você inventou sozinha esse nome tão criativo?

— Pior que foi — diz ela, sorrindo.

O bichinho de pelúcia tinha olhos negros brilhantes, orelhas macias e o rabo era feito de fios trançados. Tudo ficava melhor com ele, desde ter que comer legumes e vestir roupas que pinicavam até ter machucado o dedão do pé ou ficar de cama por causa da garganta inflamada. Elefantinho era o remédio para tudo. Com o tempo, perdeu um dos olhos e a maior parte do rabo; já havia recebido lágrimas, espirros, o peso do corpo de Hadley ao se sentar sobre ele sem querer, mas mesmo assim, quando ela ficava chateada, o pai acariciava a cabeça da filha e a levava para o quarto, no andar de cima.

— Hora de consultar o elefante — dizia ele e, por algum motivo, sempre funcionava.

Somente agora lhe ocorreu que, na verdade, seu pai merecia mais crédito que o bicho de pelúcia.

Oliver fica olhando divertido.

— Ainda não sei se vale.

— Tudo bem — diz Hadley. — Qual é o *seu* animal preferido?

— A águia americana.

Ela ri.

— Você é inacreditável.

— *Eu?* — pergunta, levando uma das mãos ao peito. — Estou errado em amar o animal que, por acaso, simboliza a liberdade?

— Não, é que você está me zoando.

— Um pouco, talvez — diz com um sorriso —, mas estou conseguindo?

— Conseguindo me deixar com vontade de te dar um tapa?

— Não — responde com calma —, conseguindo distrair você.

— Do quê?

— Da sua claustrofobia.

Ela sorri para ele agradecida.

— Um pouco — responde —, se bem que piora quando o avião está no ar.

— Por quê? — pergunta ele. — Tem bastante espaço lá em cima.

— Mas não tem para onde fugir.

— Ah, então você está procurando uma saída.

Hadley concorda.

— Sempre.

— Faz sentido — comenta ele em tom dramático. — Várias meninas me dizem isso.

Ela ri e fecha os olhos de novo quando o avião ganha velocidade na pista, fazendo um barulho alto. Eles são pressionados contra o assento pela força da gravidade, o avião se inclina levemente, até que — depois de um movimento final dos pneus — eles são projetados no ar dentro daquele pássaro de metal gigante.

Hadley segura o apoio para braços enquanto o avião sobe mais. As luzes lá embaixo vão ficando menores. Ela começa a ficar surda por causa da pressão do ar. Encosta a testa na janela e já sente medo do momento em que passam através das nuvens baixas, quando o chão desaparece e o avião fica imerso no céu vasto e infinito.

Lá fora, os estacionamentos e casas em construção ficam mais distantes e indefinidos. Hadley observa o mundo mudar de forma, os postes de luz com seu brilho amarelo-alaranjado, as avenidas longas. Ela estica as costas e sente a testa gelada contra o vidro da janela. Não quer perder a cidade de vista. Tem mais medo de ficar à deriva que de voar. Mas, por enquanto, ainda estão perto o suficiente para ver as janelas acesas e os prédios lá embaixo. Por enquanto, Oliver ainda está ao seu lado, distraindo-a das nuvens.

5

22h36 Hora da Costa Leste
03h36 Hora de Greenwich

Depois de alguns minutos de voo, Oliver decide que já pode falar com ela de novo. Ao ouvir o som de sua voz, Hadley sente alguma coisa ficar mais suave dentro de si e vai, aos poucos, relaxando as mãos.

— Uma vez — diz ele —, voei para a Califórnia no Quatro de Julho.

Ela vira um pouco a cabeça.

— Era noite e não havia nuvens no céu, então dava para ver os pequenos fogos de artifício pelo caminho, que nem fagulhas minúsculas embaixo do avião, em todas as cidades.

Hadley se vira para a janela de novo. Seu coração dispara quando ela vê o vazio lá embaixo, o nada. Fecha os olhos e tenta imaginar fogos de artifício.

— Quem não sabia que eram fogos deve ter achado meio assustador, mas daqui de cima era até bonito, eram luzes silenciosas e pequenas. Era difícil acreditar que eram as mesmas explosões que você vê lá embaixo. — Fez uma breve pausa. — Acho que tudo depende da perspectiva.

Ela olha para ele de novo e observa seu rosto.

— Você está falando isso para ajudar? — pergunta com delicadeza, tentando entender a moral da história.

— Não — diz com um sorriso —, estava só tentando distrair você de novo.

Ela sorri.

— Obrigada. Tem mais alguma história?

— Muitas — responde. — Posso falar até você cansar.

— Por sete horas?

— Aceito o desafio — diz para ela.

O avião já está estabilizado. Quando Hadley começa a se sentir enjoada, tenta concentrar sua atenção no assento da frente, ocupado por um homem com orelhas grandes e pouco cabelo no alto da cabeça; não é completamente careca, mas dá para ver que vai ficar. É como ler um mapa do futuro. Ela se pergunta se todo mundo tem sinais como aquele, indicações secretas das pessoas que virão a ser. Será que dava para saber, por exemplo, que a senhora ao lado deles não veria mais o mundo com olhos azuis brilhantes, e sim por meio de uma bruma indefinida? Ou que o homem do outro lado do corredor teria que segurar uma das mãos com a outra para mantê-la parada?

O que a preocupa, na verdade, é seu pai.

Será que *ele* havia mudado muito?

O ar no avião é seco e viciado, incomodando as narinas de Hadley. Ela fecha os olhos vermelhos e prende a respiração por um minuto, como se estivesse mergulhando na água, o que não é difícil de imaginar, pois estão nadando pelo céu infinito da noite. Abre os olhos e levanta a mão abruptamente para fechar a janela. Oliver dá uma olhada com as sobrancelhas erguidas, mas não diz nada.

Ela tem uma lembrança rápida e indesejada de um voo que fez com o pai há alguns anos, não sabe ao certo quantos. Recorda-se de como ele ficava mexendo na janela, abrindo e fechando repetidas vezes, para cima e para baixo, até que os passageiros do outro lado do corredor começaram a olhar com sobrancelhas franzidas e lábios tensos. Assim que o aviso que pede que os passageiros mantenham os cintos de segurança fechados apagou, ele se levantou, deu um beijo na testa de Hadley, passou por ela e foi para o corredor. Por duas horas, ficou andando da primeira classe até os banheiros lá atrás. Parava para perguntar o que ela estava fazendo, *como* estava se sentindo, o que estava lendo, e aí saía de novo, como alguém esperando impacientemente pelo ônibus.

Será que sempre foi tão inquieto? Não tinha como saber. Hadley se vira para Oliver.

— Então, seu pai vem te visitar sempre? — pergunta, e ele olha para ela um tanto surpreso.

Ela o encara de volta, também surpresa pela pergunta que fez. Queria ter perguntado sobre os *pais* dele. Seus *pais* o visitam sempre? A palavra *pai* saiu quase inconscientemente.

Oliver limpa a garganta e coloca as mãos sobre o colo. Pega a ponta do cinto de segurança e fica fazendo um rolo com ele.

— Só a minha mãe, na verdade — responde. — Ela me trouxe no começo do ano. Não conseguiu me mandar para uma escola em outro lugar sem vir fazer minha cama.

— Que fofa — comenta Hadley, tentando não pensar na própria mãe e na discussão que tiveram mais cedo. — Ela deve ser gente boa.

Espera que Oliver vá falar mais alguma coisa, ou que vá perguntar sobre a família *dela* — seria a progressão normal de uma conversa entre duas pessoas que não podem sair de onde estão durante algumas horas. No entanto, tudo o que faz é passar o dedo sobre as letras do adesivo no assento da frente: MANTENHA O CINTO AFIVELADO.

No teto, uma das telas se acende e anuncia o filme que passará durante o voo. É uma animação sobre uma família de patos, um filme que Hadley já vira. Oliver reclama. Ela hesita, mas se vira para ele com expressão crítica.

— Qual o problema com patos? — pergunta, e ele revira os olhos.

— Patos *falantes*?

Hadley sorri.

— E cantores.

— Meu Deus! — exclama ele. — Você já viu esse filme!

Ela levanta dois dedos.

— Duas vezes.

— Você *sabe* que esse filme foi feito para crianças de 5 anos, certo?

— Para crianças de 5 a 8 anos, obrigada.

— E quantos anos você tem mesmo?

— Sou grande o suficiente para gostar dos nossos amigos patos.

— Você — diz ele, rindo — é mais louca que o Chapeleiro Maluco.

— Peraí — diz Hadley olhando para ele com uma expressão forçada de medo —, você fez referência a um... *desenho*?

— Não, esperta. É uma referência a uma obra literária famosíssima de Lewis Carroll. Estou vendo mais uma vez que sua educação americana tem falhas.

— Ei! — exclama Hadley e dá um tapa no peito dele. O movimento é tão natural que ela só pensa no que fez depois de fazê-lo. Ele sorri para ela surpreso. — Pelo que sei, você escolheu uma universidade americana.

— Verdade — responde —, mas complemento o que aprendo aqui com um pouco da minha inteligência e do charme britânico.

— Ah, tá — diz Hadley —, charme. *Cadê* esse charme?
Ele franze os lábios.

— Não teve um cara que ajudou você a carregar a mala antes de embarcar?

— É mesmo — responde Hadley, batendo o indicador no queixo. — *Aquele* cara. Ele era ótimo. Aonde será que foi?

— É isso mesmo que vou pesquisar durante o verão — diz ele com um sorriso.

— O quê?

— Dupla personalidade em homens com 18.

— Claro — diz ela. — A única coisa mais assustadora que maionese.

Surpreendentemente, um mosquito começa a voar perto de sua orelha, e ela tenta espantá-lo, sem sucesso. O mosquito logo volta, fazendo giros ao redor deles como um skatista persistente.

— Será que ele comprou passagem? — pergunta Oliver.

— Deve ser um passageiro clandestino.

— Coitado desse rapaz, vai acabar em outro país.
— É, onde as pessoas falam de um jeito estranho.
Oliver balança a mão para espantar o mosquito.
— Você acha que ele acredita que está voando rápido? — pergunta Hadley. — Igual quando andamos naquelas esteiras. Ele deve estar amando isso aqui.
— Você nunca teve aula de física? — pergunta Oliver, revirando os olhos. — É a relatividade. Ele está voando em relação ao avião e não em relação ao solo.
— Valeu, espertalhão.
— Deve estar sendo a mesma coisa de sempre na vida de mosquito dele.
— Exceto por estar indo para Londres.
— Isso — diz Oliver com o rosto franzido. — Exceto por isso.
Uma das comissárias de bordo aparece no corredor escurecido com vários fones de ouvido pendurados em seus braços, como cadarços. Ela se inclina sobre a senhora no assento da ponta e sussurra de maneira exagerada.
— Vocês querem um fone? — pergunta. Ambos balançam a cabeça.
— Para mim, não — diz Oliver.
Quando a comissária vai para a outra fileira, ele pega seus próprios fones de ouvido no bolso e os desconecta do iPod. Hadley mexe na mochila para tentar achar o seu.
— Não quero perder os patinhos — brinca, mas ele não está ouvindo nada. Fica olhando com interesse para a pilha de livros e revistas que ela tirou da mochila e colocou no colo para achar o fone.

— Então você *realmente* lê coisas decentes — diz ele, pegando a edição antiga de *Nosso amigo comum*. Ele folheia o livro com cuidado, quase com reverência. — Amo Dickens.
— Eu também — concorda Hadley —, mas não li esse.
— Devia — sugere Oliver —, é um dos melhores.
— Já me disseram.
— *Alguém* já leu esta edição. Olha as páginas dobradas.
— É do meu pai — diz Hadley com rosto franzido. — Ele me deu o livro.

Oliver dá uma olhada nela, fecha o livro e o coloca sobre o colo.
— E?
— Vou devolver o livro em Londres.
— Sem ter lido?
— Sem ter lido.
— Então a situação deve ser mais complicada que parece.

Hadley concorda.
— E é mesmo.

Ela ganhou o livro durante a viagem em que foram esquiar, na última vez em que se viram. Na volta, estavam esperando na fila para passar pela segurança, quando ele abriu a bolsa e pegou o livrão preto de páginas amassadas e amarelas. As pontas viradas pareciam peças de um quebra-cabeça.
— Acho que você vai gostar deste — disse com um sorriso desesperado.

Desde que Hadley ouviu a conversa do pai com Charlotte no telefone, desde que finalmente entendeu o que estava acontecendo, mal conseguia falar com ele. Só conseguia pensar em ir logo para casa, onde poderia se encolher no sofá com a cabeça no colo da mãe e deixar rolar todas as lágrimas que estava segurando; tudo o que queria era chorar, chorar e chorar, até não poder mais.

E lá estava o pai com a barba esquisita, o casaco novo de tweed e o coração em algum lugar do outro lado do oceano. A mão tremia sob o peso do livro que estava lhe oferecendo.

— Não se preocupe — disse com um sorriso sem graça —, não é poesia.

Hadley pegou o livro e olhou a capa. Não havia ilustração, apenas as palavras gravadas no fundo preto: *Nosso amigo comum*.

— As coisas têm sido meio difíceis — disse com voz emocionada —, não recomendo livros para você o tempo todo, mas tem uns que são muito importantes e não podem se perder nisso tudo. — Moveu uma das mãos entre os dois como se quisesse definir o que *isso tudo* significava.

— Obrigada — disse Hadley, abraçando o livro para não ter que abraçar o pai.

Só restou aquilo — os encontros estranhos e com hora marcada, e um silêncio terrível. Hadley não aguentava, e a injustiça dessa situação estava crescendo dentro dela. Era tudo culpa dele, e ainda assim o ódio que sentia era a pior forma possível de amor, era uma saudade que torturava, um sonho que fazia o coração doer dentro do peito. Não tinha como ignorar a sensação de que se tornaram duas peças de quebra-cabeças diferentes e nada no mundo podia fazê-los se encaixar novamente.

— Venha me visitar logo, está bem? — disse ele, antes de abraçá-la.

Ela fez que sim com a cabeça, antes de se afastar, mas sabia que isso não ia acontecer. Não queria visitá-lo, e, mesmo se fizesse o que os pais queriam, a matemática da coisa era impossível. Como ia lidar com isso, ia passar o Natal na Inglaterra e a Páscoa com a mãe? Ver o pai feriado sim, feriado não, e passarem juntos uma semana durante o verão, o suficiente para coletar fragmentos da nova vida dele, como pedacinhos de um mundo do qual não fazia parte? E, ao mesmo tempo, ainda teria que perder momentos da vida da mãe — sua mãe, que não fez nada para merecer passar um Natal sozinha.

Na percepção de Hadley, *essa* não era uma boa maneira de se viver. Talvez se tivesse mais tempo, ou se ele fosse mais flexível; se conseguisse estar em dois lugares ao mesmo tempo e viver vidas paralelas, ou, mais simples que isso, se o pai voltasse logo para casa. Para Hadley, não havia meio-termo. era tudo ou nada, sem lógica, sem pensar, mesmo que no fundo soubesse que não seria tão difícil, apesar de tudo ser impossível.

Depois que voltou da viagem em que foram esquiar, colocou o livro na prateleira do quarto. Pouco tempo depois, acabou escondendo-o atrás de outros na quina da mesa; mais tarde, deixou-o perto da sacada da janela. Aquele peso ficava vagando pelo quarto como uma pedra, até que, finalmente, foi parar no chão do armário, onde ficou até esta manhã. Agora está na mão de Oliver, que folheia as páginas que não foram tocadas há meses.

— É o casamento dele — diz Hadley baixinho. — Do meu pai.

Oliver assente.

— Ah.
— Pois é.
— Então, não deve ser o presente de casamento.
— Não — responde ela. — Eu diria que é mais como um gesto. Ou talvez um protesto.
— Um protesto dickensiano — diz ele. — Interessante.
— Tipo isso.

Ele ainda está olhando as páginas, fazendo pausas de vez em quando para ler algumas linhas.

— Acho que você devia pensar melhor.
— Posso pegar de novo na biblioteca.
— Não foi isso que quis dizer.
— Eu sei — responde e olha para o livro de novo. Ela vê alguma coisa nas páginas e segura o pulso dele sem nem pensar. — Peraí.

Ele levanta as mãos, e Hadley tira o livro do colo dele.

— Acho que vi alguma coisa — diz, passando algumas páginas para trás, com olhos atentos.

Ela não consegue respirar quando vê uma frase sublinhada com uma linha torta e quase apagada. É uma marcação bem simples: nada escrito na margem, sem orelha virada. Apenas uma simples linha escondida nas profundezas do livro com um toque vacilante de tinta.

Mesmo depois daquele tempo todo, mesmo depois do que já tinha dito ao pai e do que ainda não tinha, mesmo com sua intenção de devolver o livro (porque é *assim* que se manda uma mensagem, não com uma frase sublinhada num livro velho, sem nenhuma outra marca), o coração de Hadley ainda fica balançado com a possibilidade de ela estar perdendo alguma coisa importante. E lá está, naquela página, olhando para ela em preto e branco.

Oliver a observa com a expressão cheia de indagações. Ela murmura as palavras, correndo os dedos pela linha que o pai deve ter feito.

"*Será melhor ter alguma coisa e perdê-la, ou nunca a ter tido?*"

Quando olha para cima, seus olhos se encontram por um breve momento, antes de se desviarem. Na tela acima deles, os patinhos estão dançando, espirrando a água do lago no qual moram. Hadley abaixa o queixo e lê a frase de novo para si, depois fecha o livro e o coloca de volta na mochila.

6

00h43 Hora da Costa Leste
05h43 Hora de Greenwich

Hadley dorme: à deriva, sonhando. Em algum lugar escondido da mente, ela se imagina em outro voo — é uma imagem forte, mesmo que o restante do corpo esteja mole de tanta exaustão. É o voo que havia perdido. Três horas na frente, ela se imagina sentada ao lado de um senhor de idade com bigode comprido. Ele espirra e fica se mexendo, enquanto o avião passa pelo Atlântico, e nunca dirige uma palavra à Hadley, que está cada vez mais ansiosa. Sua mão está apoiada no vidro da janela que a separa do nada, do nada e mais nada.

Ela abre os olhos rapidamente e vê que o rosto de Oliver está muito perto do seu. Está atento e quieto, com uma expressão difícil de decifrar. Ela toca seu coração, assustada, e se dá conta de que está com a cabeça encostada no ombro dele.

— Desculpa — murmura e se afasta.

O avião está quase completamente escuro agora, e parece que todo mundo está dormindo. Até mesmo as telas se apagaram. Hadley levanta a mão dormente presa entre eles, e checa o relógio que ainda está, infelizmente, no fuso de Nova York. Passa a mão no cabelo e dá uma olhada na camisa de Oliver para ver se babou em cima dele, pois ele está oferecendo um guardanapo para ela.

— Para quê é isso?

Ele aponta para o guardanapo, e ela vê que desenhou um dos patos do filme.

— São seus materiais preferidos? — pergunta ela. — Caneta e guardanapo?

Ele sorri.

— Coloquei o boné de beisebol e os sapatênis para deixar o pato mais americano.

— Que graça, mas geralmente chamamos isso apenas de tênis — responde, bocejando no final da frase. Coloca o guardanapo em cima da mochila. — Você não dorme em aviões?

Ele encolhe os ombros.

— Normalmente sim.

— Mas hoje, não?

Ele balança a cabeça.

— Não consegui.

— Que droga — diz ela, mas ele não lamenta.

— Você parecia estar dormindo bem.

— Mas *não* estava — diz ela. — Se bem que é bom eu ter dormido agora para conseguir ficar acordada durante a cerimônia amanhã.

Oliver olha para o relógio.

— Hoje, né?

— Isso — diz ela e franze o rosto. — Sou a madrinha do casamento.

— Maneiro.

— Não se eu perder a cerimônia.
— Mas sempre tem a festa depois.
— Verdade — diz, bocejando de novo. — Mal posso esperar para ficar sentada sozinha, vendo meu pai dançando com uma mulher que eu nunca vi antes.
— Você nunca a viu? — pergunta Oliver com seu sotaque britânico.
— Não.
— Nossa — comenta. — Então vocês não devem ser muito próximos.
— Eu e meu pai? Já fomos mais.
— Mas o que houve?
— O que houve foi que seu país o engoliu.
Oliver dá uma risada curta e insegura.
— Ele foi dar aula durante um semestre em Oxford — explica Hadley —, e nunca mais voltou.
— Quando?
— Há quase dois anos.
— E foi quando conheceu essa mulher?
— Isso.
Oliver balança a cabeça.
— Que péssimo.
— Pois é — concorda.
As palavras não conseguem expressar o quanto foi realmente péssimo, o quanto *ainda* é. Apesar de ter contado a versão longa da história milhões de vezes para milhões de pessoas diferentes, ela sente que Oliver compreende melhor que os outros. A impressão deve ser fruto da maneira como ele a observa, com aqueles olhos que cavam um buraco em seu coração. Sabe que não é real; é a ilusão da proximidade,

da falsa confiança que paira no avião quieto e escuro, mas ela não liga. Pelo menos, neste momento, parece ser real.

— Você deve ter ficado arrasada — diz ele —, e sua mãe também.

— No começo, ficou. Mal saía da cama. Mas acho que ela voltou à realidade mais rápido que eu.

— Como? — pergunta ele. — Como você se recupera de uma coisa como *essa*?

— Não sei — responde Hadley honestamente. — Ela acredita que estão melhor assim. Que era para ser assim mesmo. Ela tem um novo namorado e ele, uma nova namorada, e ambos estão mais felizes agora. Só Hadley que não estava contente, principalmente com essa história de ter que conhecer a nova namorada *dele*.

— Mesmo que ela não seja tão nova na história.

— *Especialmente* porque não é nova na história. Isso deixa tudo dez vezes mais intenso e estranho, e é a última coisa que quero. Fico me imaginando entrando no casamento e todo mundo olhando para mim. A filha americana melodramática, que se recusou a conhecer a madrasta. — Hadley torce o nariz. — Madrasta. Meu Deus.

Oliver franze o rosto.

— Eu acho que é muita coragem.

— O quê?

— O que você está fazendo. O fato de encarar tudo isso. Seguir em frente. É muita coragem.

— Não me sinto corajosa.

— É porque está no meio da situação — explica —, mas você vai ver.

Ela o analisa com cuidado.

— E você?

— O que tem *eu*?

— Aposto que você não teme seu casamento nem a metade que temo o meu.

— Eu não diria isso — fala com um tom resoluto.

Ele estava sentado bem perto dela, seu corpo já se apoiando em Hadley. Mas agora se afasta, não muito, apenas o suficiente para que ela perceba.

Hadley se inclina para a frente e ele se estica para trás, como se estivessem unidos por uma força invisível. O casamento do pai não era um assunto agradável, mas ela falou sobre ele assim mesmo, não falou?

— Então, você vai se encontrar com seus pais?

Ele faz que sim com a cabeça.

— Que bom — diz ela. — Vocês têm uma boa relação?

Ele abre a boca e a fecha logo em seguida, quando vê o carrinho de bebidas se aproximando. As garrafas fazem barulho ao se chocarem. A comissária pisa no freio assim que passa por eles e se vira novamente para começar a atender aos pedidos.

A cena é tão rápida que Hadley quase não acompanha: Oliver pega uma moeda no bolso da calça jeans e a joga no corredor com um movimento rápido do pulso. Ele se abaixa na frente da senhora, que ainda dorme, pega a moeda com a mão esquerda e duas garrafinhas de Jack Daniel's com a direita. Coloca as garrafas no bolso junto com a moeda, segundos antes de a comissária perguntar o que vão beber.

— Querem alguma coisa? — pergunta, olhando para o rosto surpreso de Hadley, as bochechas rosadas de Oliver e a senhora roncando com vigor no assento da ponta.

— Não, obrigada — responde Hadley.

— Também não quero nada — diz Oliver. — Saúde, mesmo assim.

Quando a comissária se distancia, levando o carrinho, Hadley olha para ele, boquiaberta. Ele pega as garrafas e dá uma para ela, depois, abre a sua e encolhe os ombros.

— Foi mal — diz —, mas achei que se vamos conversar sobre família, um pouco de uísque cairia bem.

Hadley fica olhando para a garrafa em suas mãos.

— Você vai beber isso tudo?

Oliver sorri.

— Será que a minha pena vai ser de dez anos de trabalhos forçados?

— Pensei em alguma coisa do tipo lavar pratos num restaurante — brinca e devolve a garrafa para ele —, ou talvez carregar malas.

— Acho que você vai me fazer carregar malas de qualquer maneira — responde. — Não se preocupe, vou deixar uma gorjeta quando for embora. Só não queria criar confusão, apesar de eu ter 18 anos e de estar mais próximo de Londres que de Nova York agora. Você gosta de uísque?

Hadley nega com a cabeça.

— Já provou?

— Não.

— Por que não prova? — pergunta, oferecendo a garrafa de novo. — Só um gole.

Ela abre a garrafa, aproximando-a da boca, e faz uma careta quando sente o cheiro da bebida, um cheiro ruim, acentuado e muito forte. O líquido queima sua garganta, e ela tosse. Seus olhos se enchem de lágrimas. Fecha a garrafinha e a devolve para ele.

— Isso queima — diz com o rosto franzido. — Que horror.
Oliver dá uma risada e bebe tudo até o final.

— Tudo bem, agora você já bebeu o uísque — diz. — Isso quer dizer que vamos conversar sobre sua família?

— Por que você está tão interessada?

— Por que não estaria?

Ele respira fundo, quase resmungando.

— Vejamos — diz, depois de certo tempo. — Tenho três irmãos mais velhos...

— Eles ainda moram na Inglaterra?

— Moram. Três irmãos mais velhos que ainda moram na Inglaterra — responde, abrindo a outra garrafa de uísque. — Que mais? Meu pai não ficou muito feliz quando escolhi Yale em vez de Oxford, mas minha mãe ficou contente porque também estudou nos Estados Unidos.

— Foi por isso que ele não veio com você no começo do semestre?

Oliver dá uma olhada com cara de quem preferia estar em outro lugar e termina a garrafa de uísque.

— Você faz muitas perguntas.

— Contei para você que meu pai nos deixou por causa de outra mulher e que não o via há mais de um ano — responde ela. — Faça-me o favor. Com certeza seu drama familiar não é pior que esse.

— Você não me falou isso — diz ele. — Não me disse que não via seu pai há tanto tempo. Achei só que não tivesse conhecido a namorada dele.

É Hadley quem fica sem graça agora.

— Nós nos falamos por telefone — diz —, mas ainda estou com muita raiva para querer vê-lo.

— Ele sabe disso?

— Que estou com raiva?

Oliver concorda.

— Claro — diz e inclina a cabeça na direção dele —, mas não estamos mais falando sobre mim, lembra?

— Eu só acho que é interessante — comenta — que você fale sobre isso tão abertamente. Todo mundo tem problemas na minha família, mas ninguém nunca fala nada

— Talvez vocês se sentissem melhor se falassem.

— Talvez.

Hadley se dá conta de que estão sussurrando e bem próximos, envolvidos pelas sombras da luz de leitura do passageiro da frente. Sente-se quase como se estivessem sozinhos num banco de parque ou num restaurante lá embaixo, com os pés fincados em terra firme. Ela está tão perto que vê que ele tem uma cicatriz acima do olho, um pouco de barba no queixo e cílios muito compridos. Sem nem pensar, acaba se afastando. Oliver se espanta com o movimento brusco.

— Desculpe — diz, encostando-se no assento e tirando a mão de cima do apoio de braços. — Esqueci que você é claustrofóbica. Você deve estar morrendo.

— Não — responde, balançando a cabeça. — Na verdade, não estou sentindo nada.

Ele aponta o queixo para a janela, que ainda está fechada.

— Ainda acho que ajudaria se você pudesse ver o lado de fora. Até eu me sinto apertado aqui sem uma janela.

— É truque do meu pai — conta Hadley. — Na primeira vez que tive uma crise, ele me falou para imaginar o céu. Mas isso só ajuda quando o céu está *acima* de mim.

— Claro — concorda Oliver —, faz sentido.

Ficam em silêncio, olhando para as mãos enquanto um estado de calmaria se instala.

— Eu tinha medo do escuro — disse Oliver, depois de certo tempo —, e não foi só quando era pequeno. Foi até uns 11 anos.

Hadley olha para ele e não sabe o que dizer. Parece mais novo agora, o rosto com traços mais suaves, olhos mais abertos. Sente vontade de dar a mão para ele, mas se controla.

— Meus irmãos me enchiam o saco o tempo todo, desligavam a luz sempre que eu chegava e ficavam fazendo barulhos. Meu pai *odiava* o meu medo e não tinha nem um pingo de compaixão. Eu me lembro que ia até o quarto deles no meio da noite, e ele me mandava parar de agir feito uma menininha. Ou então contava uma história sobre monstros no armário, só para botar pilha. A única coisa que falava para me ajudar era "Vai passar". Legal, né?

— Nem sempre os pais acertam — diz Hadley. — Às vezes, eles demoram um pouco para perceber isso.

— Mas aí teve uma noite — continua ele —, em que acordei e ele estava colocando uma luz noturna ao lado da minha cama. Tenho certeza que ele achou que eu estava dormindo, mas não falei nada, fiquei só vendo ele colocar a luz na tomada e ligar o botão.

Hadley sorri.

— Então ele se redimiu.

— Do jeito dele, acho — diz Oliver —, mas ele deve ter comprado a luz naquele mesmo dia, certo? Ele podia ter dado para mim quando voltou da loja, ou ligado antes de eu dormir. Preferiu fazer isso sem que ninguém visse. — Oliver olha para Hadley, e ela fica surpresa com sua expressão de tristeza. — Por que estou contando isso?

— Porque perguntei — responde Hadley.

Ele respira fundo e ela vê que suas bochechas estão vermelhas. O assento da frente se mexe, o homem ajeita um travesseiro em volta do pescoço. Tudo está quieto no avião, a não ser pelo barulho do ar-condicionado, de páginas sendo viradas e o ocasional movimento dos passageiros tentando ficar mais confortáveis nas últimas horas antes da aterrissagem. De vez em quando, o avião se mexe um pouco mais, como um barco numa tempestade, e Hadley pensa em sua mãe e nas coisas horríveis que falou para ela em Nova York. Olha para a mochila no chão e novamente sente que não queria estar passando pelo Atlântico para poder ligar para ela.

A seu lado, Oliver coça os olhos.

— Tenho uma ideia brilhante — diz. — Que tal conversarmos sobre alguma coisa que *não* seja nossos pais?

Hadley concorda.

— Bem melhor.

No entanto, os dois ficam calados. Um minuto se passa, depois outro, e, depois de certo tempo em silêncio, começam a rir.

— Acho que vamos ter que falar sobre o tempo, se você não inventar algum outro assunto mais interessante — diz ele, e Hadley levanta as sobrancelhas.

— *Eu?*

Ele faz que sim com a cabeça.

— Você.

— Tá bom — diz ela, nervosa mesmo antes que as palavras saiam. A pergunta está em sua cabeça há horas. O melhor a fazer agora é perguntá-la. — Você tem namorada?

Oliver fica encabulado e o sorriso que dá ao abaixar a cabeça é tão enigmático que irrita; é um sorriso com duas possibilidades, pensa Hadley. Pode ser apenas por ter achado graça, para fazer com que se sinta menos tímida tanto com a pergunta quanto com a resposta. Mas pode ser outra coisa também, uma coisa que deixa Hadley intrigada: talvez — quem sabe — seja um sorriso mais sutil que isso, uma manifestação compreensiva, um acordo não verbal entre eles, confirmando que tem alguma coisa acontecendo, que aquele encontro pode ser um começo.

Depois de muito tempo, ele balança a cabeça.

— Não.

Hadley sente como se uma porta tivesse se aberto, mas não sabe muito bem como proceder.

— Por que não?

Ele encolhe os ombros.

— Não conheci ninguém com quem queira passar os próximos 52 anos, acho.

— Devem ter milhões de meninas em Yale.

— Tem umas cinco ou seis mil, na verdade.

— Mas a maioria é americana, né?

Oliver sorri e se inclina com calma, tocando-a com o ombro.

— Eu gosto das americanas — confessa —, mas nunca namorei uma.

— Não é parte da sua pesquisa?

Ele faz que não.

— Não, a não ser que a menina tenha medo de maionese, o que, como você sabe, tem tudo a ver com minha pesquisa.

— Claro — diz Hadley, sorrindo. — Mas você teve uma namorada na escola, não?

— Tive no ensino médio. Era gente boa. Adorava videogames e entregar pizza.

— Sem graça — brinca Hadley.

— Nem todo mundo tem paixões marcantes quando é tão novo.

— O que aconteceu com ela?

Ele encosta a cabeça no assento.

— O que aconteceu? O mesmo de sempre. Nós nos formamos na escola, eu vim embora, cada um seguiu seu caminho. E o que aconteceu com o Sr. Pizza?

— Ele fazia mais coisas além de entregar pizzas, tá bom?!

— Entregava salgadinhos também?

Hadley faz uma careta.

— Ele terminou comigo.

— Por quê?

Ela dá um suspiro e filosofa.

— O mesmo de sempre. Ele me viu falando com outro cara no jogo de basquete e ficou com ciúmes, então resolveu terminar por e-mail.

— Ah — diz Oliver. — Uma história épica e trágica.

— Tipo isso — concorda e se vira. Ele está olhando para ela bem de perto.

— Ele é um idiota.

— Verdade — concorda. — Sempre foi um idiota, na verdade.

— Percebi — diz Oliver. Hadley dá um sorriso.

Ela e o namorado haviam acabado de terminar quando Charlotte ligou — na hora exata — para insistir que Hadley o levasse para o casamento.

— Nem todo mundo vai poder levar um acompanhante — explicou Charlotte —, mas achamos que seria mais divertido se você pudesse levar alguém.

— Não, tudo bem — respondeu Hadley —, prefiro ir sozinha.

— Não, é sério — insistiu Charlotte, sem prestar atenção no tom de Hadley —, não vai ter problema. Além disso — disse com um tom mais baixo —, ouvi dizer que você tem um namorado.

Mitchell havia terminado com ela três dias antes da ligação, e o drama todo ainda a perseguia pelos corredores da escola com a persistência de um monstro invencível. Era um assunto que não queria discutir com ninguém, muito menos com a futura madrasta que nem conhecia.

— Ouviu errado — disse Hadley rapidamente. — Vou pegar o voo sozinha.

Na verdade, mesmo que *ainda* estivessem namorando, nunca levaria uma pessoa para o casamento do pai. Ter que aguentar uma noite toda naquele vestido de madrinha, enquanto os adultos dançam *Y.M.C.A.* seria terrível; levar alguém só iria piorar a situação. Muitas coisas poderiam acontecer no casamento para que Hadley ficasse com vergonha, como o pai e Charlotte se beijando em meio aos brindes, os noivos jogando bolo um no rosto do outro, fazendo discursos fofos.

Quando Charlotte ligou para dizer que ela podia levar alguém, Hadley não se lembrou de ninguém que odiasse tanto a ponto de querer fazer passar por isso. No entanto, olhando para Oliver, pensa que talvez tenha se enganado. Talvez não houvesse ninguém no mundo de quem ela *gostasse* o suficiente, alguém com quem se sentisse confortável a ponto de deixar que a visse passando por esse evento tão representativo e temido. Ela se surpreende ao imaginar Oliver usando smoking num salão de festas. Por mais que possa parecer ridícula — o casamento nem exige traje a rigor —, a imagem a deixa nervosa. Ela engole a saliva e para de pensar nisso.

A seu lado, Oliver dá uma olhada na senhora, que ainda ronca e se mexe de vez em quando.

— Tenho que ir ao banheiro — admite. Hadley concorda.

— Eu também. Deve dar para passar.

Ele abre o cinto de segurança e tenta se levantar. Bate no assento da frente e a mulher que ocupa o lugar dá uma olhada feia para ele. Hadley observa enquanto ele tenta passar pela senhora, sem acordá-la. Eles saem e ela o segue até o final do avião. Uma comissária de bordo com cara de tédio sentada na cadeira dobrável para de ler sua revista e olha para os dois.

Ambos os banheiros estão ocupados, então Hadley e Oliver ficam em pé num pequeno espaço, esperando. Estão tão próximos que Hadley sente o cheiro da camisa dele e do uísque que bebeu; não estão se tocando, mas dá para sentir os pelos no braço dele roçando os seus, e novamente sente uma vontade enorme de pegar sua mão.

Ela levanta a cabeça. Ele está olhando para ela com a mesma expressão de antes, quando acordou com a cabeça no ombro dele. Nenhum dos dois se mexe ou fala; ficam em pé, olhando-se no escuro, ouvindo o som dos motores do avião. Ela acha que, por mais que pareça impossível e improvável, ele está prestes a dar um beijo nela. Hadley se aproxima um pouquinho, com o coração batendo forte no peito. Ele passa as costas de uma das mãos na dela e Hadley sente uma descarga elétrica subindo pela espinha. Para sua surpresa, Oliver não se afasta; em vez disso, ele pega sua mão como se procurasse por apoio e a puxa devagar para mais perto.

É quase como se estivessem sozinhos — sem piloto e tripulação, sem fileiras com passageiros adormecidos no avião. Hadley respira fundo e inclina a cabeça para olhar nos olhos dele, mas aí a porta de um dos banheiros se abre de repente, iluminando-os com uma luz forte, e um menininho sai andando com um pedaço grande de papel higiênico preso no sapato vermelho. E, como num passe de mágica, o clima termina.

7

04h02 Hora da Costa Leste
09h02 Hora de Greenwich

Hadley acorda repentinamente sem nem perceber que estivera dormindo de novo. O avião ainda está escuro, mas dá para ver uma luz clareando as janelas. As pessoas estão começando a se mover, bocejar e se espreguiçar, e também a devolver bandejas de ovos mexidos com bacon velho para as comissárias de bordo, que estão incrivelmente bem dispostas e arrumadas, mesmo depois de uma viagem tão longa.

A cabeça de Oliver está no ombro *dela* desta vez, sustentando a de Hadley. Ela tenta ficar totalmente imóvel, mas seu braço treme e se move. Oliver desperta como se tivesse levado um choque.

— Desculpa — dizem ao mesmo tempo e Hadley repete.
— Desculpa.

Oliver coça os olhos como uma criança acordando depois de um sonho ruim e fica olhando para ela por algum tempo. Hadley sabe que deve estar horrorosa, mas não se ofende com a reação dele. Quando entrou no banheiro apertado e se olhou no espelho ainda menor, ficou surpresa ao ver como estava pálida, com olhos inchados por causa do ar viciado e da altitude.

Ela piscou diante do reflexo, achando-se horrível, e ficou se perguntando o que Oliver tinha visto nela. Não costumava se preocupar muito com cabelo e maquiagem, nem passava muito tempo na frente do espelho, mas era pequena, loura e bonita o suficiente para chamar a atenção dos garotos na escola. Mesmo assim, a imagem no espelho a deixou preocupada, e isso foi antes de cair no sono pela segunda vez. Nem dava para imaginar como estava seu rosto agora. Cada parte de seu corpo está dolorida de tanto cansaço e seus olhos doem; tem uma mancha de refrigerante na gola da camisa e nem quer pensar em como está seu cabelo neste momento.

Oliver também está diferente. É estranho vê-lo naquela luz; é como colocá-lo numa TV de alta definição. Seus olhos ainda estão inchados de sono e tem uma marca que vai da bochecha até a testa, onde estava apoiado na camisa de Hadley. Mais que isso, ele parece estar sem energia e cansado, com os olhos avermelhados e muito distantes.

Ele arqueia as costas para se espreguiçar e olha no relógio.

— Estamos quase lá.

Hadley concorda e se sente aliviada por não terem se atrasado, mesmo que queira um pouco mais de tempo. Apesar de tudo — do voo lotado, do assento desconfortável e dos cheiros que estão tomando o ambiente —, ela não se sente pronta para sair do avião, onde foi tão fácil se perder nas conversas e esquecer tudo o que deixou e o que estava por vir.

O homem à frente abre a janela e uma coluna de luz branca — tão repentina que Hadley quase cobre o rosto com as mãos — ilumina tudo, afastando a escuridão, acabando com o que restara da magia noturna. Ela abre sua janela, pois o encanto já tinha acabado oficialmente. Lá fora, o céu é de um azul que cega, cheio de nuvens em camadas, como um bolo. Depois de tantas horas no escuro, olhar por muito tempo chega a doer.

São apenas quatro da manhã em Nova York. A voz do piloto nos alto-falantes é alegre demais para aquele horário.

— Bom dia a todos — diz ele —, estamos fazendo a aproximação final no aeroporto de Heathrow. O tempo está bom em Londres, 22 graus, parcialmente nublado com possibilidade de chuva mais tarde. Vamos pousar em pouco menos de vinte minutos, portanto, afivelem os cintos. Foi um prazer voar com vocês, aproveitem a estada.

Hadley se vira para Oliver.

— Quanto é isso em Fahrenheit?

— É quente — responde.

Hadley está sentindo calor; talvez seja a previsão do tempo, o sol batendo na janela ou apenas a proximidade do garoto ao seu lado, com a camiseta amassada e as bochechas vermelhas. Ela se estica para abrir a saída do ar no painel acima deles e fecha os olhos, sentindo o jato de vento frio.

— Pois é — diz ele, estalando um dedo de cada vez.

— Pois é.

Eles se olham de lado e alguma coisa na expressão dele — uma incerteza que reflete a sua — faz com que Hadley sinta vontade de chorar. Não há distinção entre a noite anterior e esta manhã, é lógico — primeiro tudo ficou escuro e, depois, claro —, mas, mesmo assim, as coisas parecem horrivelmente diferentes. Ela pensa em como ficaram lado a lado perto do banheiro, como pareceram prestes a fazer alguma coisa, *tudo*, como se o mundo todo estivesse mudando enquanto conversavam no escuro. E agora lá estão, dois estranhos educados, como se ela apenas tivesse imaginado o que aconteceu. Gostaria de poder virar o avião e voar para o outro lado, buscando a noite que deixaram para trás.

— Você acha — diz com voz rouca — que gastamos todo o nosso assunto ontem?

— Impossível — diz Oliver. A maneira como fala, quase sorrindo, com voz amena, desfaz o nó no estômago de Hadley. — Nem começamos a falar sobre as coisas importantes de verdade.

— Tipo o quê? — pergunta, tentando disfarçar o alívio. — Tipo: por que o Dickens é tão famoso?

— Claro que não — responde ele. — Coisas do tipo a luta pelos coalas. Ou o fato de Veneza estar afundando. — Ele para de falar, como se estivesse esperando uma reação, mas, como Hadley não responde, ele bate no joelho e repete. — Afundando! Dá para acreditar nisso?

Ela franze o rosto, fingindo preocupação.

— Isso é muito importante.

— *Com certeza* — insiste Oliver —, para não falar do tamanho da pegada de carbono que estamos deixando depois desta viagem. Ou a questão da diferença entre crocodilos e jacarés. Ou o voo mais longo de uma galinha.

— Por favor, diga que você não sabe a resposta.

— Treze segundos — responde e se inclina por cima dela para olhar pela janela. — Que desastre. Já estamos quase no Heathrow e não falamos sobre as galinhas voadoras. — Ele bate no vidro com um dedo. — Está vendo aquela nuvem?

— Não tem como não ver — diz Hadley; o avião está quase todo imerso numa nuvem. A neblina acinzentada cobre o vidro cada vez mais, enquanto o avião desce.

— Essas nuvens são chamadas de cumulus, sabia disso?

— Devia saber, né?

— São as melhores.

— Por quê?

— Porque as nuvens deviam ser assim, do jeito que as desenhamos quando somos crianças. Eu gosto disso, sabia? Porque o sol nunca é do mesmo jeito que desenhamos.

— Como um círculo com espinhos?

— Exatamente. E minha família com certeza não é igual a que eu desenhava.

— Bonecos de palito?

— Por favor — diz ele —, me dê um pouco de crédito. Eles tinham mãos e pés também.

— Em forma de bola?

— Mas é legal quando uma coisa é igual ao que você desenhava, não é? — Ele faz que sim com a cabeça e dá um sorriso de satisfação. — Nuvens cumulus. As melhores.

Hadley encolhe os ombros.

— Acho que nunca pensei nisso.

— Então, viu? — comenta Oliver. — Temos muito mais coisas para conversar. Mal começamos.

As nuvens começam a se aproximar e o avião vai baixando lentamente no céu de prata. Hadley sente uma onda inconsciente de alívio quando vê o solo, mesmo que ainda esteja tão longe que só possa ver os campos como pedaços de retalho e prédios sem formas exatas, além dos traços apagados das estradas que mais parecem linhas de cor cinza.

Oliver boceja e encosta a cabeça no assento.

— Acho que devíamos ter dormido mais — diz. — Estou um trapo.

Hadley dá uma olhada nele.

— Estou cansado — comenta ele, mudando o sotaque e o vocabulário para soar mais americano, apesar de ainda manter um certo tom britânico.

— Eu me sinto como se tivesse num curso de línguas estrangeiras em outro país.

— Aprenda a falar inglês britânico em apenas sete horas! — diz Oliver com voz de anunciante. — Como resistir a um anúncio desses na televisão?

— Comercial — corrige ela virando os olhos para cima. — Como resistir a um *comercial* desses.

Oliver sorri.

— Viu o quanto você já aprendeu?

Já tinham quase se esquecido da senhora ao lado deles. Ela dormiu por tantas horas que foi a falta do barulho de ronco que fez com que os dois olhassem para ela.

— Perdi muita coisa? — pergunta, abrindo a bolsa e pegando com cuidado os óculos, um frasco de colírio e uma pequena caixa de balas.

— Estamos quase chegando — informa Hadley —, mas a senhora tem sorte de ter conseguido dormir. Foi um voo *bem* longo.

— Foi mesmo — concorda Oliver. Apesar de estar olhando para o outro lado, Hadley sabe, pelo tom de voz, que está sorrindo. — Foi uma eternidade.

A mulher para o que está fazendo, segura os óculos entre o indicador e o dedão e olha para eles.

— Foi o que eu disse — fala e volta a mexer na bolsa.

Hadley, ciente do significado do que a velhinha disse, evita o olhar de Oliver. As comissárias examinam pela última vez os corredores e pedem que os passageiros deixem o assento na posição vertical, afivelem os cintos e coloquem suas malas de mão embaixo do assento da frente.

— Acho que vamos chegar um pouco mais cedo — diz Oliver —, então se a alfândega não estiver um inferno, talvez você consiga chegar a tempo. Onde é o casamento?

Hadley se inclina e pega o livro de Dickens de novo. Colocou o convite entre as folhas no final do livro para não perdê-lo.

— No Hotel Kensington Arms — informa. — Deve ser luxuoso.

Oliver chega perto e dá uma olhada na caligrafia elegante no convite de cor creme.

— Isso é a festa — diz apontando para a informação. — A cerimônia é na Igreja St. Barnabas.

— Fica perto?

— Do Heathrow? — Balança a cabeça. — Não, mas nada fica perto do Heathrow. Dá para chegar na hora, se você se apressar.

— Onde é o seu casamento?

Ele fica tenso.

— Em Paddington.

— Onde fica isso?

— Perto de onde cresci — diz. — Lado Leste.

— Maneiro — comenta ela, mas ele não ri.

— É na igreja onde costumávamos ir quando crianças — diz ele. — Tem anos que não vou lá. Sempre arrumava problema por escalar a estátua de Maria na frente da igreja.

— Imagino — diz Hadley e coloca o convite onde estava. Fecha o livro com muita força, Oliver se assusta e a observa jogando-o de volta na bolsa.

— Vai mesmo devolver o livro para ele?

— Não sei — responde honestamente. — É provável.

Ele pensa um pouco.

— Será que pode esperar pelo menos até o fim do casamento?

Não era isso que Hadley havia planejado. Na verdade, tinha se imaginado calada e triunfante, entregando o livro para ele logo antes da cerimônia. Foi o único presente que ele deu para ela — *deu* de verdade, não foi um presente enviado pelo correio no aniversário ou no Natal, mas uma coisa que colocou em suas mãos —, então a ideia de devolvê-lo dessa forma agradava Hadley. Se seria forçada a ir nesse casamento idiota, ia ser do jeito que queria.

No entanto, Oliver está olhando para ela com preocupação. Hadley se sente desconfortável com aquele olhar de esperança e responde com voz trêmula.

— Vou pensar — diz e completa: — Talvez eu nem chegue a tempo.

Olham para a janela para acompanhar a descida, e Hadley tenta afastar uma onda de pânico; não é medo da aterrissagem em si, mas de tudo que começa e termina com ela. O solo se aproxima rapidamente, fazendo com que tudo — as formas indefinidas lá embaixo — fique claro: as igrejas e cercas e restaurantes, até mesmo as ovelhas dispersas em um campo isolado. Ela fica observando a cidade chegando mais perto e segura o cinto de segurança com força, como se chegar fosse tão ruim quanto um acidente.

As rodas tocam o chão e quicam uma vez, duas, e a velocidade do pouso faz com que o avião deslize sobre a pista, impulsionando os passageiros para a frente, como uma rolha que acabou de estourar, em meio ao vento, aos motores e ao som dos freios. É um momento tão forte para Hadley que ela tem a impressão de que nunca vão parar. Mas é claro que vão, e o avião finalmente para, e tudo volta a ficar tranquilo; depois de viajar oitocentos mil quilômetros por quase sete horas, começa a se arrastar para o portão com a velocidade de um carrinho de compras.

A pista em que estão se junta com outras, formando um grande labirinto até que pisam num tapete de asfalto que se estende e termina onde ela consegue ver. Há torres de comunicação, filas de aviões e o grande terminal, que parece um gigante sonolento embaixo do céu nublado. *Londres, finalmente*, pensa Hadley. Está de costas para Oliver; sente-se grudada na janela por alguma força invisível, não consegue se virar para ele.

Quando chegam ao terminal, ela vê a rampa sendo alinhada ao avião, que se coloca graciosamente na posição correta e treme de leve ao estacionar. Mesmo quando param completamente, os motores silenciam e o sinal de afivelar os cintos se apaga, Hadley não se move. Escuta o som dos passageiros pegando suas bagagens, ainda sem se virar. Oliver espera um pouco até tocar seu braço. Só então ela se vira.

— Está pronta? — pergunta. Ela balança a cabeça devagar, e ele sorri. — Nem eu — admite Oliver, levantando-se mesmo assim.

Antes de chegar a vez de saírem, Oliver pega uma cédula lilás de dentro do bolso. Coloca a cédula no assento onde passou as últimas sete horas. O dinheiro fica lá imóvel, meio perdido na estampa chamativa do estofado.

— Para que isso? — pergunta Hadley.

— O uísque, lembra?

— Ah — responde e olha a nota mais de perto. — Aquilo não custou vinte libras de jeito nenhum.

Ele encolhe os ombros.

— Taxa extra de roubo.

— E se outra pessoa pegar?

Oliver se abaixa e coloca as pontas do cinto de segurança em cima da cédula. A impressão que dá é de que o cinto está afivelado.

— Pronto — diz ele, levantando-se para admirar o trabalho. — A segurança vem em primeiro lugar.

Na frente deles, a senhora dá passos pequenos em direção ao corredor, para e fica olhando para o compartimento superior. Oliver vai rapidamente ajudá-la, ignorando as pessoas atrás deles. Pega a mala para ela e espera pacientemente que se ajeite.

— Obrigada — agradece ela, sorrindo. — Você é tão bonzinho. — Começa a andar, mas para, como se tivesse esquecido alguma coisa, e olha para ele de novo. — Você lembra o meu marido — diz.

Ele balança a cabeça, mas a mulher já está se virando para ir embora com passos curtos, no mesmo ritmo do ponteiro dos minutos num relógio. Quando finalmente está de frente para o corredor, começa a andar e deixa os dois olhando para ela.

— Espero que tenha sido um elogio — diz Oliver meio sem graça.

— Eles estão casados há 52 anos — lembra Hadley.
Ele a observa pegar a mala.
— Achei que você não pensasse em se casar.
— Não penso mesmo — responde e vai em direção à saída.
Ele se aproxima dela no final do corredor. Nenhum dos dois fala nada, mas Hadley sente alguma coisa, um peso em cima deles como um trem de carga: o momento de dizer adeus se aproxima. Pela primeira vez em horas, ela se sente tímida. Ao seu lado, Oliver está de cabeça baixa, lendo as instruções da alfândega, pensando no próximo passo, seguindo em frente. É isso que se faz em aviões. Você divide um apoio de braço com uma pessoa por algumas horas; troca histórias sobre sua vida, conta uma coisa ou outra, talvez uma piada. Comenta sobre o tempo e sobre a comida, que está ruim. Escuta o outro roncando. E, depois, diz adeus.

Se é assim, por que está se sentindo completamente despreparada?

Devia estar preocupada em achar um táxi e chegar à igreja a tempo, ver seu pai, conhecer Charlotte. No entanto, está pensando em Oliver, e essa sensação — a vontade de não ir embora — a deixa com muitas dúvidas. E se entendeu tudo errado? E se não foi nada do que está pensando?

As coisas já estão diferentes. Oliver já parece estar a quilômetros de distância.

No final do corredor, encontram uma fila onde os passageiros do mesmo voo estão parados com as malas apoiadas nos pés, cansados e resmungando. Hadley coloca a mochila no chão e tenta se lembrar do que tem lá dentro, se tem uma caneta para anotar um telefone ou um e-mail, qualquer informação sobre ele, uma apólice de seguro contra o esquecimento. Sente-se, porém, congelada por dentro, presa na incapacidade de dizer alguma coisa que não vá dar mostra do seu desespero.

Oliver boceja e se alonga, com as mãos no ar e costas arqueadas; depois coloca um dos cotovelos no ombro dela, fingindo usá-la como suporte. Mas o peso do braço pode acabar fazendo com que ela perca seu equilíbrio. Ela engole a saliva e olha para ele, visivelmente agitada.

— Vai pegar um táxi? — pergunta. Ele balança a cabeça e tira o braço de cima do ombro dela.

— Metrô — responde. — Não é longe da estação.

Hadley não sabe se ele está falando sobre a igreja ou sua casa, se ele vai para casa tomar um banho e trocar de roupa ou se vai direto para o casamento. Sente-se irritada, como no último dia da escola, na última noite do acampamento com os amigos, como se tudo estivesse caminhando para um final abrupto e confuso.

Para sua surpresa, ele aproxima o rosto do dela, aperta os olhos e toca sua bochecha.

— Um cílio — diz ele e esfrega um dedo no outro, deixando-o cair.

— Não vou poder fazer um pedido?

— Já fiz para você — diz ele com um sorriso tão triste que o coração dela fica apertado.

Será possível que só o conheça há dez horas?

— Pedi que esta fila ande logo — conta para ela —, senão não vai ter como você chegar a tempo.

Hadley olha para o relógio na parede de concreto e vê que ele tem razão; já são 10h08, menos de duas horas para o começo do casamento. E lá está ela, presa na alfândega, com o cabelo embaraçado e o vestido amassado na mala. Tenta se imaginar entrando na igreja, mas a imagem não combina com seu estado atual.

Ela dá um suspiro.

— Costuma demorar muito?

— Agora que eu fiz o desejo não vai demorar — diz Oliver.

De repente, como se fosse simples assim, a fila começa a andar. Ele dá uma olhada triunfante para ela e caminha. Hadley vai atrás, balançando a cabeça.

— Se é assim que funciona, por que não pediu um milhão de dólares?

— Um milhão de libras — diz ele. — Você está em Londres agora. E não. Quem ia querer lidar com os impostos?

— Que impostos?

— Do seu um milhão de libras. Pelo menos 88 por cento disso iria direto para a rainha.

Hadley fica olhando para ele.

— Oitenta e oito por cento, é?

— Os números nunca mentem — responde com um sorriso.

Quando chegam a uma bifurcação na fila, são recebidos por um agente entediado, vestindo roupa azul. Está encostado nas barras de metal e aponta para uma placa que indica aonde devem ir.

— Cidadãos da União Europeia para a direita, o resto para a esquerda — repete várias vezes com voz fina e fraca, perdida no meio do burburinho da multidão. — Cidadãos da União Europeia para a direita...

Hadley e Oliver se olham e todas as incertezas desaparecem, porque lá está no rosto dele: uma relutância igual à sua.

Ficam parados por um tempo, muito tempo, uma eternidade, ambos querendo ficar. As pessoas passam por eles como um rio pelas pedras.

— Senhor — diz o agente quebrando o clima e colocando uma das mãos nas costas de Oliver. Dá um pequeno empurrão e pede para que ele se mexa. — O senhor precisa continuar andando para que a fila não tenha obstruções.

— Só um minuto... — pede Oliver, mas é interrompido.

— *Agora*, senhor — fala o homem, empurrando-o com mais força.

Uma mulher com um bebê, que está soluçando, passa por Hadley e a empurra. Não há nada que possa fazer a não ser seguir o fluxo. Porém, antes de conseguir andar, Hadley sente alguém segurando seu cotovelo, e, de repente, Oliver está ao seu lado de novo. Ele olha para ela, cabeça inclinada, mão em seu braço, e antes que tenha tempo de se sentir nervosa, antes mesmo de entender a situação, ela o ouve murmurar "Que se dane", e então, para sua surpresa, ele se inclina e lhe dá um beijo.

A fila continua se movendo ao lado deles e o agente da alfândega desiste e solta um suspiro frustrado, mas Hadley nem percebe; ela segura a camiseta dele com força, com medo de ser arrastada para longe, e ele a segura pelas costas enquanto a beija. A verdade é que nunca se sentiu tão segura na vida. Os lábios dele são macios e têm o gosto salgado do pretzel que comeram juntos mais cedo. Por um segundo, fecha os olhos e o mundo ao redor desaparece. Depois de beijá-la, ele sorri, e ela está muito chocada para dizer alguma coisa. Dá um passo para trás e o agente puxa Oliver para o outro lado, revirando os olhos.

— As filas não levam para países diferentes — murmura ele.

A divisão de concreto entre as duas áreas os separa, e Oliver acena, ainda sorrindo. Hadley não vai conseguir vê-lo em poucos instantes, mas ainda consegue olhar para ele e acenar de volta. Ele aponta para o outro lado da fila e ela faz que sim com a cabeça, torcendo para conseguir encontrá-lo lá. Ele desaparece. Não há mais o que fazer a não ser continuar andando, com o passaporte em sua mão, e a emoção do beijo ainda estampada na boca. Coloca uma das mãos sobre o peito para acalmar a palpitação.

Logo se dá conta que o pedido de Oliver não está mais dando certo; sua fila praticamente parou, e ela está imprensada entre um bebê aos prantos e um homem enorme com uma camiseta do Texas; nunca se sentiu tão impaciente na vida. Olha para o relógio e para a parede que esconde Oliver, contando os minutos com intensidade fervorosa. Fica se movendo, agitada, e suspira.

Quando chega sua vez, ela praticamente corre para a janela de vidro e joga o passaporte pela pequena abertura.

— Trabalho ou turismo? — pergunta a mulher enquanto olha o passaporte.

Hadley hesita, visto que nenhuma das duas opções é correta. Decide por turismo — apesar de que ver seu pai se casando com outra mulher não é nada agradável — e responde o resto das perguntas com pressa. A mulher chega a dar uma olhada nela antes de carimbar uma das várias páginas em branco do passaporte.

Sua mala balança de um lado para o outro enquanto ela corre da alfândega até a esteira de bagagens — e decide ignorar a maçã que pegou na geladeira de casa, pois não configura, na verdade, um produto agrícola. São 10h42, e, se não pegar um táxi nos próximos minutos, não vai ter como chegar a tempo para a cerimônia. Mas ainda não é hora de pensar nisso. Está preocupada com Oliver. Quando sai na área de bagagens e vê um mar de gente atrás de uma corda preta — pessoas segurando cartazes, esperando por amigos e família —, seu coração fica apertado.

O saguão é enorme e tem dúzias de esteiras com malas coloridas, e, ao redor, há centenas e centenas de pessoas indo em todas as direções, procurando alguma coisa: pessoas, caronas, direções, coisas perdidas e encontradas. Hadley anda em círculos, com a bagagem que parece pesar uma tonelada, a camiseta grudando nas costas e o cabelo no rosto. Há crianças e avós, motoristas e guardas, um cara com avental da Starbucks e três monges em vestes vermelhas. Um milhão de pessoas, mas nada de Oliver.

Ela encosta numa parede e se senta sobre as malas sem nem se importar com as pessoas passando. Sua mente está muito ocupada com as possibilidades. Pode ter sido qualquer coisa. A fila dele pode ter demorado mais. Pode ter ficado preso na alfândega. Pode ter saído mais cedo e achado que *ela* tinha ido embora. Podem ter se cruzado sem nem ter se visto.

Ele pode simplesmente ter ido embora.

Mesmo assim, ela espera.

O relógio gigante acima do quadro de voos olha para ela incisivamente, e Hadley tenta ignorar a sensação de pânico que cresce dentro dela. Como ele pode não ter se despedido? Ou será que foi para isso que a beijou? Mas, depois de todas aquelas horas, dos momentos que passaram, será que ela não merecia mais?

Ela nem sabe o sobrenome de Oliver.

O último lugar no mundo para o qual quer ir agora é um casamento. Sente suas últimas energias indo embora, como água descendo pelo cano. Com o passar dos minutos, fica mais difícil ignorar o fato de que vai perder a cerimônia. Com muito esforço, desgruda da parede para dar uma última olhada no saguão, caminhando com pés pesados pelo terminal gigante; mas Oliver, camisa azul e cabelo desarrumado, não está lá.

Então, sem ter mais o que fazer, finalmente sai pelas portas automáticas e encontra a neblina cinzenta de Londres, sentindo-se contente pelo sol não ter tido a audácia de aparecer naquela manhã.

8

05h48 Hora da Costa Leste
10h48 Hora de Greenwich

A fila do táxi está tão longa que chega a ser cômica. Hadley carrega a mala até o final, onde fica atrás de uns americanos com camisas vermelhas, todos falando muito alto. O Heathrow está tão lotado quanto o JFK, só que sem a desculpa do Quatro de Julho. Ela espera a fila andar, e a falta de sono finalmente começa a pesar. Tudo parece fora de foco, desde a fila até os táxis pretos esperando em silêncio e solenemente, como num funeral.

— Não pode ser pior que Nova York — disse Hadley para Oliver quando ele comentou sobre o Heathrow. Ele nem argumentou, apenas balançou a cabeça.

— Um pesadelo logístico de proporções épicas. — Foi como descreveu o aeroporto, e com razão.

Ela balança a cabeça como se quisesse tirar água do ouvido. *Ele foi embora*, diz para si novamente. *É isso*. Tem que ficar de costas para o terminal para resistir à vontade de voltar e procurar por ele.

Uma pessoa contou certa vez que há uma fórmula para o tempo que se leva para esquecer alguém: é a metade do tempo que ficaram juntos. Hadley tem lá suas dúvidas sobre essa teoria, um cálculo tão simples para uma coisa tão complicada quanto um coração partido. Afinal de contas, seus pais ficaram casados por quase vinte anos e o pai levou apenas alguns meses para se apaixonar de novo. E quando Mitchell terminou com ela depois de um semestre todo, ela levou apenas dez dias para sentir que tinha acabado de verdade. Mesmo assim, é bom saber que passou apenas algumas horas com Oliver, pois isso significa que o nó em seu peito vai se desfazer antes do fim do dia.

Quando finalmente chega sua vez, procura pelo endereço da igreja enquanto o motorista — um homem pequeno com barba tão grande e branca, que se parece com um gnomo — joga a mala com força no porta-malas ao mesmo tempo que conversa sem parar no fone do celular. Novamente, Hadley tenta não pensar nas condições do vestido que será forçada a usar. Entrega o endereço para o motorista, que entra no táxi sem nem falar com sua nova passageira.

— Quanto tempo vai demorar? — pergunta ao entrar no carro. Ele interrompe, soltando uma gargalhada bem alta.

— Bastante tempo — responde e se junta ao tráfego lento.

— Que bom — murmura Hadley.

A paisagem passa pela janela por trás de uma camada de neblina e de chuva. Há um tom de cinza que parece tomar conta de tudo, e mesmo que o casamento seja num lugar fechado, sente certa compaixão por Charlotte; qualquer pessoa ficaria chateada com esse tempo no dia do casamento, mesmo sendo britânica e passando a vida inteira naquele clima. Há sempre um pedacinho de esperança de que esse dia — o *seu* dia — vá ser um pouquinho diferente.

Quando o táxi entra na estrada, os prédios baixos dão lugar a casas estreitas de tijolos, grudadas umas nas outras, em meio a antenas e jardins cheios de coisas. Hadley sente vontade de perguntar que parte de Londres é aquela, mas sente que o motorista não seria um guia muito entusiasmado. Se Oliver estivesse ali, com certeza, estaria contando histórias sobre aqueles lugares, além de alguns mitos e fábulas para deixá-la curiosa.

No avião, ele havia contado sobre viagens à África do Sul, Argentina e Índia com a família, e Hadley escutou com os braços cruzados, sonhando estar indo para um desses lugares. Não era um delírio tão grande. Estavam num avião, então não era tão difícil imaginar que podiam estar viajando para algum lugar juntos.

— Qual lugar você gostou mais? — perguntou. — De todos os que já visitou, qual foi o melhor?

Ele pensou um pouco até que aquela expressão de conto de fadas apareceu em seu rosto.

— Connecticut.

Hadley gargalhou.

— Claro — disse —, quem iria para Buenos Aires, podendo ir para New Haven?

— E você?

— Acho que o Alasca. Ou o Havaí.

Oliver ficou impressionado.

— Nada mal. Os dois estados mais abandonados.

— Já estive em todos menos um, sabia?

— Mentira.

Hadley fez que não.

— Verdade. A gente costumava viajar de carro quando eu era mais nova.

— Então vocês foram até o Havaí de carro? Como foi?

Ela riu.

— Nós achamos que fazia mais sentido ir para lá de avião, na verdade.

— Qual estado falta?

— Dakota do Norte.

— Por quê?

Ela encolheu os ombros.

— Só nunca tive a oportunidade de ir lá.

— Quanto tempo será que leva para dirigir até lá, saindo de Connecticut?

Hadley riu.

— Você consegue dirigir no lado direito da rua?

— Consigo — disse Oliver, fingindo estar zangado. — Sei que é chocante pensar que consigo guiar um veículo no lado *errado* da rua, mas sou muito bom nisso. Você vai ver, quando fizermos nossa incrível viagem à Dakota do Norte um dia.

— Mal posso esperar — comentou Hadley.

Ficou repetindo para si mesma que era só uma piada, mas, mesmo assim, a ideia de os dois cruzarem o país juntos, escutando música, enquanto o horizonte ia passando, foi suficiente para fazê-la sorrir.

— Qual é seu lugar favorito *fora* dos Estados Unidos? — perguntou ele. — Sei que deve ser difícil acreditar que exista outro lugar tão incrível quanto, digamos, Nova Jersey, mas...

— É a primeira vez que saio do país, na verdade.

— É mesmo?

Ela fez que sim com a cabeça.

— Muita pressão, então.

— Para quem?

— Para Londres.

— Não estou esperando muito.

— Melhor assim — disse ele. — Então, se você pudesse ir para qualquer lugar do mundo, aonde iria?

Hadley pensou um pouco.

— Talvez Austrália. Ou Paris. E você?

Oliver olhou para ela como se não acreditasse na pergunta, um sorrisinho escondido na boca.

— Dakota do Norte — respondeu.

Hadley coloca a testa no vidro do táxi e se pega sorrindo por causa dele de novo. Oliver é como uma música que ela não consegue esquecer. Por mais que tente, a melodia do encontro entre os dois fica tocando na cabeça repetidamente, cada vez mais agradável, como uma canção de ninar, como um hino; não tem como ficar cansada daquilo.

Ela observa o mundo passando e tenta ficar acordada. Seu telefone toca quatro vezes antes de ela perceber que não é o do motorista. Quando finalmente pega o celular e vê que é seu pai, hesita um momento antes de atender.

— Estou no táxi — murmura, em vez de dizer oi, e se estica para ver a hora no painel do carro. Seu estômago revira quando ela vê que já são 11h24.

O pai suspira, e Hadley o imagina de terno andando para cima e para baixo na igreja. Será que ele se arrependeu por ela ter vindo? Tem tantas coisas mais importantes com as quais se preocupar hoje — flores, programas e mesas de jantar —

do que o voo que ela perdeu, e o fato de estar atrasada pode ser apenas uma dor de cabeça para ele, mais nada.

— Você sabe se está perto? — pergunta. Ela cobre o celular e tosse alto; o motorista olha para ela, visivelmente irritado por ser interrompido.

— Com licença, senhor — diz ela —, chegamos em quanto tempo?

Ele enche as bochechas de ar e solta um suspiro.

— Vinte minutos — responde. — Trinta. Hum, vinte e cinco. Talvez, trinta. Trinta.

Hadley franze o rosto e volta a falar no telefone.

— Acho que meia hora.

— Meu Deus — diz o pai. — Charlotte vai ter um infarto.

— Pode começar sem mim.

— É um casamento, Hadley — diz ele —, não é como perder o trailer de um filme.

Ela sente vontade de corrigir o sotaque do pai.

— Faça o seguinte — instrui o pai —, diga ao motorista que vai dar mais vinte libras para ele se chegar em vinte minutos. Vou falar com o padre para atrasarmos um pouco, está bem?

— Tá bem — responde Hadley, olhando para o motorista.

— E não se preocupe, as amigas da Charlotte estão esperando — diz o pai.

Hadley capta o humor em sua voz, aquela vontade de rir por trás das palavras, que a faz se lembrar da infância.

— Esperando o quê?

— Você — responde, animado. — Até daqui a pouco.

O motorista fica satisfeito com o dinheiro a mais e, depois de barganhar, vira em ruas pequenas cheias de prédios coloridos, uma fileira de pubs, mercados e pequenas lojas. Hadley se pergunta se não é melhor começar a se arrumar no carro, mas seria muito difícil, então resolve ficar olhando para fora, roendo as unhas e tentando pensar em nada. Seria melhor estar com os olhos vendados, como um homem prestes a ser executado.

Ela olha para o celular em seu colo e o abre para tentar ligar para a mãe, mas a ligação cai direto na secretária. Fecha o celular de novo com o coração pesado. Calcula a hora rapidamente e percebe que ainda é cedo em Connecticut, e sua mãe — sendo uma verdadeira dorminhoca, que só se dá conta do mundo depois de um banho e uma quantidade absurda de café — provavelmente está dormindo. De alguma maneira, apesar da despedida conturbada, Hadley acredita que ouvir a voz da mãe é a única coisa que pode fazer com que se sinta melhor, e é tudo o que quer ouvir neste momento.

O motorista cumpre o prometido; exatamente às 11h46 eles param na igreja enorme com teto vermelho e torre alta, perdida no meio da neblina. A porta está aberta e dois homens de terno estão parados na entrada.

Mexe no bolo de notas coloridas que a mãe havia trocado para ela e dá uma boa quantidade pela corrida desde o aeroporto, mais as vinte libras extras, e fica apenas com dez libras na mão. Depois de sair na chuva para pegar sua mala no porta-malas, o motorista vai embora e ela fica parada, olhando para a igreja.

Escuta o som do órgão lá dentro. Os dois rapazes na porta pegam o programa da cerimônia e olham para ela sorrindo. Ela vê outra porta na parede de tijolos e vai até lá. Pior que entrar naquela igreja seria entrar antes do tempo, vestindo uma saia jeans amarrotada e carregando uma mala vermelha.

A porta leva a um pequeno jardim com uma estátua de pedra, ocupada por três pombos. Hadley arrasta a mala por um corredor até encontrar outra porta, que abre com o ombro. A música toma conta do jardim. Ela olha para a direita e para a esquerda antes de seguir até os fundos da igreja, onde encontra uma mulher baixa, usando um chapéu com penas.

— Com licença — diz, sussurrando. — Estou procurando... o noivo.

— Ah, você deve ser Hadley! — diz a mulher. — Que bom que chegou. Não se preocupe, querida, as meninas estão esperando lá embaixo.

O sotaque é muito pesado. Hadley desconfia que aquela seja a mãe da noiva, uma escocesa. Agora que seu pai e Charlotte vão se casar, será que ela deve tratar essa senhora — uma estranha — como um tipo de avó? Ela fica meio sem palavras, pensando nisso, e imagina que outros novos parentes vai ganhar assim que o evento do dia começar. Antes de conseguir falar alguma coisa, a mulher move as mãos.

— Melhor se apressar — diz ela, e Hadley finalmente consegue falar de novo. Agradece e vai correndo para as escadas.

Sua mala bate nos degraus, e ela escuta um burburinho. Quando abre a porta, encontra-se rodeada de pessoas.

— Ela *chegou* — avisa uma mulher, pondo um braço em volta de seus ombros, enquanto a leva para dentro do vestiário, que, na verdade, é a sala de aula da escola dominical.

Outra mulher pega sua mala, e uma terceira a conduz até uma cadeira na frente de um espelho encostado no quadro negro. As quatro mulheres já estão usando o vestido de madrinha, com cabelos presos, sobrancelhas feitas e maquiagem no rosto. Hadley tenta dar conta das apresentações, mas fica claro que há pouco tempo para enrolação; elas estão ali para cumprir uma tarefa.

— Achamos que você não ia chegar — diz Violet, uma das madrinhas, amiga de infância de Charlotte.

Ela mexe na cabeça de Hadley e pega um grampo da boca. Outra mulher, Jocelyn, pega um pincel de maquiagem e se inclina para começar o trabalho. No espelho, Hadley vê que as outras duas abriram sua mala e estão tentando alisar o vestido, que está amarrotado de forma irreversível.

— Não se preocupe, não se preocupe — diz Hillary, levando o vestido para o banheiro —, um pouco de marcas neste tecido cai bem.

— Como foi seu voo? — pergunta Violet, passando a escova pelo seu cabelo, que ainda está embaraçado por causa das horas no avião.

Antes que Hadley consiga responder, Violet faz um coque e puxa com tanta força que seus olhos azuis parecem pequenininhos agora.

— Tá muito apertado — diz ela, sentindo-se como a Branca de Neve sendo bajulada por criaturas da floresta.

No entanto, quando terminam, dez minutos depois, Hadley tem que admitir que conseguiram fazer um milagre. O vestido, mesmo que esteja um pouco amassado, parece melhor do que quando ela o experimentou em casa, graças aos cuidados da mãe na manhã anterior e aos alfinetes usados pelas outras madrinhas. As faixas estão no comprimento certo e a seda lavanda tem um caimento bonito, chegando até os joelhos. Os sapatos são da mãe: sandálias de tiras tão brilhosas quanto moedas. Hadley mexe os dedos pintados dos pés. Seu cabelo está preso num coque elegante, e, com a maquiagem, ela se sente outra pessoa.

— Você está parecendo uma bailarina — diz Whitney, batendo palmas, satisfeita, e Hadley sorri com timidez em meio a tantas fadas madrinhas. Até ela tem que admitir que é verdade.

— Melhor irmos logo — diz Violet, olhando para o relógio que marca 12h08. — Não queremos que Charlotte tenha um infarto no dia do casamento.

Elas riem e dão uma última olhada no espelho, então o grupo todo sai rapidamente pela porta, fazendo um barulho alto no chão da igreja com seus saltos.

Ela está congelada. Só agora se dá conta de que não vai conseguir ver o pai antes da cerimônia, e isso a deixa completamente insegura. As coisas estão acontecendo rápido demais, e ela alisa o vestido, morde a boca e tenta se acalmar, sem sucesso.

Ele vai se casar, pensa, refletindo sobre isso. *Casar.*

Já sabia disso há meses — que ele vai começar uma vida nova hoje com alguém que não é sua mãe —, mas até agora foram apenas palavras, noções vagas, uma ocasião futura que, talvez, não fosse acontecer, que fica rodeando você como um monstro numa história infantil, com pelos e dentes e garras, sem substância real.

Agora, no porão de uma igreja, com mãos trêmulas e o coração disparado, ela se dá conta do real significado deste dia, de tudo o que vai perder e ganhar com isso, de tudo o que já mudou. E alguma coisa dentro dela começa a doer.

Uma das madrinhas chama no final do corredor, onde os passos vão ficando cada vez mais distantes. Hadley respira fundo e tenta se lembrar do que Oliver falou para ela sobre coragem. Apesar de sentir o oposto neste momento, alguma coisa nessa lembrança a faz se sentir maior; ela se prende a essa ideia e vai atrás do grupo, olhos atentos sob a maquiagem.

Lá em cima, ela é levada para o saguão na frente da igreja e a apresentam para o irmão de Charlotte, Monty, que vai entrar com ela. Ele é esquelético e pálido como um fantasma, e um pouco mais velho que Charlotte; deve ter uns 40 anos. Ele dá a mão para ela, sua pele é fina e gelada, e assim que os cumprimentos acabam ele lhe oferece o cotovelo. Alguém dá um buquê rosa e lavanda para ela enquanto caminham para o final de uma fila, e, antes que ela tenha tempo de perceber o que está acontecendo, as portas se abrem e os olhos dos convidados recaem sobre eles.

Quando chega a hora de andarem, Monty a puxa de leve e Hadley dá passos curtos e inseguros no salto alto. O casamento é maior do que ela havia imaginado; durante meses, achou que seria uma igrejinha no campo com poucos amigos mais próximos, mas este evento é de gala, e há centenas de rostos desconhecidos, todos virados para ela.

Ela aperta o buquê com mais firmeza e levanta o queixo. Ao lado do noivo, estão algumas pessoas que ela reconhece: um amigo da escola do pai; uma prima de segundo grau que mora na Austrália; um tio que mandava os piores presentes de aniversário e que — sendo bem honesta — ela achava que já estivesse morto.

Enquanto caminham, Hadley faz um esforço para respirar normalmente. A música é alta e a iluminação da igreja a faz piscar. Não dá para saber se o calor é pela falta de ar-condicionado ou pelo pânico que ela está tentando controlar; aquela sensação familiar que sempre aparece quando tem muita gente num lugar muito pequeno.

Quando finalmente chegam perto do altar, ela se espanta ao ver o pai. A cena toda é meio ridícula: o pai, lá naquele altar, naquela igreja em Londres com cheiro de chuva e perfume, uma fila de mulheres com vestidos lilás, indo na direção dele com passos marcados. Alguma coisa não combina, a imagem dele é estranha, barba feita, olhos brilhando, flor lilás na lapela. A impressão de Hadley é que há vários outros lugares nos quais ele podia estar naquele momento, naquela tarde de verão. Devia estar na cozinha deles em casa, vestindo as calças do pijama — as que têm um buraco no calcanhar porque são muito longas. Ou dando uma olhada nas contas no escritório, bebendo chá na caneca com a inscrição TEM POESIA?, pensando em ir lá fora para cortar a grama. Na verdade, há um bom número de coisas que poderia estar fazendo neste momento, menos se casando.

Ela olha para os bancos enquanto passa; há pequenos buquês com flores presas em laços de seda na ponta de cada um. As velas na frente da igreja deixam tudo com um ar mais mágico, e a sofisticação do evento, a elegância e o estilo fazem um contraste tão marcante com a antiga vida do pai que Hadley honestamente não sabe se deve se sentir confusa ou insultada.

Charlotte deve estar atrás dela, esperando para entrar. Hadley sente uma vontade quase incontrolável de se virar para trás. Ela olha para cima novamente e, dessa vez, dá de cara com o olhar do pai. Sem querer, vira a cabeça para o outro lado e usa toda sua concentração para continuar andando em frente, mesmo que cada pedacinho seu esteja querendo ir na direção oposta.

No fim do corredor, quando Hadley e Monty se separam, o pai pega sua mão e a aperta com carinho. A maneira como está vestido, tão alto e bonito naquele smoking, a faz lembrar da foto do casamento da mãe. Ela engole a saliva com força e dá um sorriso antes de se unir às outras madrinhas, no outro lado do altar. Olha para o final da igreja e, quando a música muda de tom, os convidados se levantam, e a noiva aparece atrás da porta de braços dados com o pai.

Hadley havia se preparado tanto para odiar Charlotte que fica momentaneamente em choque com a beleza da noiva em seu vestido encorpado e véu delicado. É alta e magra, tão diferente da mãe, que é baixa e gordinha. Tão pequena que o pai costumava brincar com ela, pegando-a no colo e fingindo que ia jogá-la numa lata de lixo na garagem de alguém.

Mas, agora, lá está Charlotte, tão adorável e graciosa que Hadley teme não ter nada de ruim para contar para a mãe mais tarde. A caminhada pelo corredor central parece não ter fim, mas ninguém consegue desviar o olhar. Quando finalmente chega ao altar, com os olhos fixos no noivo, dá uma olhada por cima do ombro e abre um sorriso. Apesar de tudo, apesar das promessas de que ia odiá-la, Hadley sorri de volta, como num reflexo.

E o restante do casamento? O mesmo que sempre foi, o mesmo que sempre será. Igual a centenas de milhares de casamentos que já aconteceram e que ainda vão acontecer.

O padre sobe no altar e o pai entrega a filha, falando poucas palavras. Há orações e votos, e, finalmente, as alianças são trocadas. Há sorrisos e lágrimas, música e aplausos, e até gargalhadas quando o noivo responde o "sim" com sotaque americano exagerado.

E apesar de todos os noivos estarem felizes em seus casamentos, há alguma coisa em particular neste noivo que deixa Hadley quase sem ar. Ela fica sem saber o que fazer com tanta alegria no olhar dele, com seu sorriso profundo. Ela congela, fica dilacerada. Parece que estão torcendo seu coração como se fosse uma toalha molhada.

Sua vontade é ir embora para casa.

9

07h52 Hora da Costa Leste
12h52 Hora de Greenwich

Era uma vez, há milhões de anos, quando Hadley era pequena e sua família ainda estava intacta, um fim de tarde de verão como outro qualquer, no qual os três estavam no jardim da frente da casa. Não havia mais luz do sol e vários grilos cantavam ao redor deles. Mamãe e papai estavam sentados nas escadas da varanda, ombros unidos, rindo ao ver Hadley caçar vaga-lumes no canto mais escuro do jardim.

Cada vez que chegava perto, as luzes amarelas desapareciam de novo, então quando finalmente conseguiu pegar um, era quase como um milagre, como uma joia em sua mão. Ela segurou o inseto com cuidado e voltou para a varanda.

— Me dá a casinha de insetos? — pediu, e a mãe pegou um pote de geleia.

Fizeram buracos na tampa do pote, que agora estava cheia de furos tão pequenos quanto as estrelas no céu. O vaga-lume brilhou loucamente dentro do vidro, batendo as asas com força. Hadley colocou o vidro perto do rosto para examinar o bicho.

— Esse é dos bons — disse o pai. A mãe concordou com a cabeça.

— Por que é vaga-lume e não vaga-luz? — perguntou Hadley olhando com atenção.

— Bem — disse o pai com um sorriso —, por que as joaninhas são chamadas de joaninhas se o nome delas não é Joana?

A mãe virou os olhos para cima e Hadley deu uma risada. Ficaram olhando o inseto se debatendo nas paredes do pote.

— Lembra quando fomos pescar no verão passado? — perguntou a mãe mais tarde, quando já estavam entrando para dormir. Pegou a menina pela camiseta com carinho e a puxou de volta até que estivesse sentada em seu colo. — E devolvemos o peixe para a água, lembra?

— Aí o peixinho conseguiu nadar de novo.

— Isso — disse a mãe e apoiou seu queixo sobre o ombro da filha. — Acho que este vaga-lume também ficaria mais feliz se você o soltasse.

Hadley não falou nada, apesar de segurar o jarro com mais força.

— É aquela velha história — disse o pai —, se você ama alguém, deixe que se vá.

— E se não voltar?

— Alguns voltam, outros não — respondeu e apertou o nariz da filha. — *Eu* sempre vou voltar.

— Mas você não tem luz — explicou. O pai sorriu.

— Quando estou com você, tenho sim.

No final da cerimônia, a chuva já havia quase parado. Mesmo assim, há uma quantidade impressionante de guarda-chuvas pretos lá fora, protegendo da névoa incessante e fazendo com que o quintal da igreja pareça mais o local de um enterro que de um casamento. Os sinos tocam tão alto que Hadley sente as vibrações embaixo dos pés ao descer as escadas.

Assim que foram declarados marido e mulher, Charlotte e o pai de Hadley caminharam de forma triunfante até o fim do corredor central da igreja, onde desapareceram. Até agora, 15 minutos depois de terem selado a cerimônia com um beijo, Hadley não sabe onde estão. Anda sem rumo pela multidão, imaginando como seu pai podia conhecer tanta gente. Ele viveu a vida inteira em Connecticut e tem poucos amigos lá; dois anos na Inglaterra e agora parece ter uma vida social intensa.

Além disso, a maioria dos convidados parece figurante de cinema, parece ter vindo de outra história. Desde quando o pai anda com mulheres que usam chapéus elegantes e homens de colete, vestidos como se fossem tomar chá com a rainha? Aquela cena — e mais o sono, causado pelo fuso horário — faz com que Hadley sinta como se estivesse sonhando, como se estivesse atrasada o tempo todo, tentando acelerar, mas sem sucesso.

Um raio de sol passa por entre as nuvens e os convidados se viram para admirá-lo, como se tivessem sorte por estar vendo uma anomalia do clima. Em pé no meio deles, não sabe ao certo como deve se portar. As outras madrinhas não estão por lá e, com certeza, ela devia estar fazendo alguma coisa útil; não leu com atenção todos os horários e indicações que foram enviados por e-mail nas últimas semanas, e não teve tempo de fazer isso antes da cerimônia.

— Eu tenho que ir para algum lugar? — pergunta para Monty, que está dando voltas em torno de uma limusine branca com grande interesse.

Ele encolhe os ombros e volta a examinar o veículo que, provavelmente, vai levar o casal à festa mais tarde.

Hadley volta para a entrada da igreja e fica feliz ao ver o vestido lilás de Violet.

— Seu pai está procurando você — diz Violet, apontando para um prédio de pedras velhas. — Ele e Charlotte estão lá dentro. Ela está retocando a maquiagem antes de começar a tirar as fotos.

— Que horas é a festa? — pergunta.

Pela maneira como Violet olha para ela, parece que perguntou alguma coisa do tipo "onde está o céu". A informação deve ser bem óbvia.

— Você não recebeu a programação?

— Não deu tempo de ler tudo — diz Hadley com vergonha.

— Só começa às seis.

— E o que fazemos até lá?

— Bem, vão demorar para tirar todas as fotos.

— E depois?

Violet encolhe os ombros.

— Vamos todos para o hotel.

Hadley fica olhando para ela sem entender nada.

— É onde vai acontecer a festa — explica —, então acho que vamos para lá logo.

— Legal — diz, e Violet ergue uma das sobrancelhas.

— Você não vai se encontrar com seu pai?

— Isso — diz sem sair do lugar —, vou sim.

— Ele está na igreja — repete Violet devagar, como se estivesse começando a achar que a enteada da amiga fosse meio lenta. — Bem ali.

Hadley não se mexe para ir embora. A expressão de Violet fica mais suave.

— Olhe — diz ela —, meu pai se casou de novo quando eu era mais nova que você, então sei como se sente. Mas você deu sorte de ter Charlotte como madrasta, sabia?

Na verdade, não sabe. Mal sabe quem Charlotte é, mas não responde isso.

Violet franze o rosto.

— A minha foi péssima. Eu a odiava, mesmo quando me pedia para fazer as coisas mais simples, coisas que minha própria mãe me pediria para fazer, tipo ir à igreja ou ajudar na casa. Nessas horas, a maior diferença é quem está pedindo o favor, e, quando era ela, eu odiava. — Para de falar e sorri. — Aí, um dia, percebi que não era dela que eu tinha raiva, mas sim dele.

Hadley olha para a igreja por um momento, antes de responder.

— Então — diz, finalmente — acho que fui mais rápida que você.

Violet concorda, talvez por perceber que não ajudou muito, e passa a mão em seu ombro. Ela se vira para entrar na igreja e sente medo do que a espera lá dentro. O que exatamente deve ser dito a um pai que não se vê há anos quando está se casando com uma mulher que você jamais conheceu? Se há uma etiqueta para esse tipo de situação, Hadley com certeza a desconhece.

A igreja está em silêncio. Todos estão lá fora esperando pela saída do noivo e da noiva. Seus sapatos ecoam pelo chão de cerâmica enquanto caminha pelo porão, passando as mãos pelas paredes de pedra. Perto das escadas, o som de vozes flutua como fumaça, e Hadley para a fim de escutar.

— Por você, tudo bem, então? — pergunta uma mulher, e outra murmura tão baixo que Hadley não consegue escutar.

— Acho que isso dificultaria tudo.

— Claro que não — diz a outra mulher, que Hadley reconhece ser Charlotte. — Além do mais, ela mora com a mãe.

Hadley fica congelada ao lado das escadas e prende a respiração.

Lá vem, pensa. *A madrasta malvada*.

É agora que Hadley vai saber as coisas horríveis que têm falado sobre ela, que vai descobrir como estão felizes por ela morar longe, pois não a querem por perto mesmo. Passou tantos meses imaginando isso, imaginando o quanto Charlotte é terrível, e lá está sua oportunidade. Está tão nervosa em descobrir a verdade que quase não escuta a continuação da conversa.

— Eu queria conhecê-la melhor — diz Charlotte. — Espero que eles se resolvam logo.

A outra mulher dá uma risada.

— Tipo em nove meses?

— Bem... — diz Charlotte, e Hadley tem a impressão de que ela está sorrindo.

Hadley desce alguns degraus e se desequilibra nos saltos muito altos. Os corredores da igreja estão escuros e silenciosos, e ela sente frio, apesar da temperatura.

Nove meses, pensa com os olhos cheios de lágrimas.

Primeiro, pensa na mãe meio sem saber se quer protegê-la ou *ser* protegida. Tanto faz, o que mais quer agora é ouvir a voz da mãe, porém o telefone está lá embaixo, na mesma sala em que Charlotte se encontra, e, além disso, como daria essa notícia? Ela sabe que a mãe tem a tendência de amenizar as coisas, é quase tão tranquila quanto ela é passional. Mas isso é diferente, é algo maior, e parece impossível que até mesmo sua mãe vá se sentir calma diante dessa notícia.

Hadley com certeza não está calma.

Fica parada lá, buscando apoio na porta e olhando para os degraus, até que escuta passos no corredor e o som de homens rindo. Ela sai apressada pelo corredor para disfarçar e fica examinando as unhas com uma expressão de casualidade, quando o pai aparece com o padre.

— Hadley — diz ele, segurando-a pelos ombros e falando como se fosse normal vê-la todos os dias. — Este é o reverendo Walker.

— Prazer em conhecê-la, querida — fala o senhor, apertando sua mão, antes de voltar a falar com o pai. — Vejo você na festa, Andrew. Parabéns, de novo.

— Muito obrigado, padre — diz, e pai e filha observam o senhor ir embora, com a veste negra esvoaçante como uma capa.

Quando o perdem de vista, o pai se vira para Hadley com um sorriso no rosto.

— Que bom ver você, filhota — diz ele.

Hadley não consegue forçar um sorriso. Olha para a porta do porão e duas palavras ecoam em sua mente.

Nove meses.

O pai está bem perto dela, tão perto que dá para sentir o cheiro da loção pós-barba, um odor forte de menta, e as memórias que traz fazem seu coração bater mais rápido. Ele está olhando para ela como se estivesse esperando por alguma coisa — o quê? —, como se fosse ela quem tivesse que começar a falar e deixar o coração cair aos pés dele.

Como se fosse ela com segredos para contar.

Passou tanto tempo evitando o pai, esforçou-se tanto para tirá-lo de sua vida — como se fosse fácil, como se ele fosse um boneco de papel —, e agora é *ele* quem está mentindo para *ela*.

— Parabéns — murmura Hadley e aceita o abraço sem graça que acaba sendo mais cordial que qualquer outra coisa.

O pai se afasta sem jeito.

— Que bom que você conseguiu chegar.

— Que bom — concorda ela. — Foi bonito.

— Charlotte quer muito te conhecer — diz ele, e Hadley fica tensa.

— Legal — responde.

O pai dá um sorriso cheio de esperanças.

— Acho que vocês duas vão se dar muito bem.

— Legal — repete.

Ele limpa a garganta e mexe na gravata-borboleta. Parece tenso e desconfortável, mas Hadley não sabe se é por causa do smoking ou da situação.

— Filha — diz ele —, na verdade estou feliz por encontrar você sozinha. Quero falar com você sobre uma coisa.

Hadley estica as costas e afasta os pés como se estivesse se preparando para receber um impacto forte. Não tem como sentir alívio por ele ter resolvido contar sobre o bebê; o mais importante é definir de que maneira reagir... Silêncio? Surpresa? Incredulidade? Seu rosto está limpo como um quadro-branco, quando ele finalmente solta a bomba.

— Charlotte queria que eu e você dançássemos uma valsa na festa — diz.

Hadley, mais chocada com isso que com a notícia que estava se preparando para receber, simplesmente encara o pai.

Ele levanta as mãos.

— Eu sei, eu sei — diz —, falei que você ia detestar a ideia, que não tinha como você querer dançar com o seu velho pai na frente de um bando de pessoas... — Ele para de falar, obviamente esperando que Hadley contribua

— Não sei dançar direito — diz, depois de certo tempo.

— Eu sei — concorda, sorrindo —, nem eu. Mas é o dia dela, e parece que é importante, e...

— Tudo bem — diz Hadley, fechando os olhos.

— Tudo bem?

— Tudo bem.

— Que ótimo — diz o pai genuinamente surpreso. Ele não sabe como reagir e está radiante por essa vitória inesperada. — Ela vai amar.

— Que bom — responde Hadley, sem conseguir disfarçar o tom de tristeza.

Sente-se exaurida de repente, sem forças para lutar. Pediu por isso, afinal de contas. Não queria nada com a vida nova do pai, e agora lá está ele, iniciando uma vida nova sem ela.

A questão não é mais Charlotte. Em nove meses, ele vai ter um outro filho, ou uma filha, talvez.

E nem sequer contou para ela.

A dor que sente é parecida com a dor de quando ele se foi; é a mesma ferida sensível que se abriu quando ele contou sobre Charlotte. Só que desta vez, sem nem perceber, ela se apoia na dor, em vez de afastá-la.

Afinal de contas, uma coisa é sair correndo, fugindo de alguém que quer lhe pegar.

Outra coisa bem diferente é correr sozinha.

10

08h17 Hora da Costa Leste
13h17 Hora de Greenwich

Na noite anterior, quando ela e Oliver dividiram um pretzel no avião, ele ficou quieto analisando o perfil dela por tanto tempo, sem dizer nada, que ela teve que falar alguma coisa.
— Que foi?
— O que você quer ser quando crescer?
Ela franziu o rosto.
— Que pergunta de criança.
— Não necessariamente — disse ele. — Todo mundo tem que ser alguma coisa um dia.
— O que *você* quer ser?
Ele encolheu os ombros.
— Perguntei primeiro.
— Uma astronauta — disse ela. — Uma bailarina.
— Sério.
— Você não acha que eu posso ser uma astronauta?
— Você poderia ser a primeira bailarina na Lua.
— Acho que ainda tenho tempo para pensar nisso.
— Verdade — concordou ele.

— E você? — perguntou ela, esperando mais uma resposta sarcástica, uma profissão inventada relacionada ao projeto de pesquisa misterioso.

— Também não sei — disse com calma. — Com certeza não quero ser um advogado.

Hadley ergueu as sobrancelhas.

— Seu pai é advogado?

Ele não respondeu, apenas olhou com mais intensidade para o pretzel.

— Vamos mudar de assunto — disse, depois de certo tempo. — Quem quer ficar pensando no futuro?

— Eu não — disse ela. — Não consigo nem pensar nas próximas horas, muito menos nos próximos anos.

— É por isso que amo voar — disse ele —, você fica preso onde está, não há escolha.

Hadley sorriu para ele.

— Não é um dos piores lugares para se ficar preso.

— Não mesmo — concordou Oliver, comendo o último pedaço de pretzel. — Na verdade, eu não queria estar em nenhum outro lugar a não ser aqui.

O pai anda com passos nervosos pelo corredor da igreja escurecida, olha o relógio e estica o pescoço na direção das escadas enquanto esperam por Charlotte. Parece um adolescente, animado e ansioso pela chegada da namoradinha, e Hadley pensa que talvez *aquele* seja seu sonho de adulto. Ser o marido de Charlotte. Pai de seu filho. Um homem que passa o Natal na Escócia e as férias, no Sul da França, que conversa sobre arte, política e literatura em sofisticados jantares regados a vinho.

Que estranho que as coisas estejam como estão, principalmente porque ele quase ficou em casa. Com ou sem o trabalho dos sonhos, ele achou que quatro meses era muito tempo, e, se não fosse pela mãe de Hadley — que pediu que ele fosse, que lembrou que aquele era seu sonho, que insistiu que ele se arrependeria se não fosse —, o pai nunca teria conhecido Charlotte.

Mas lá estão eles. Como se fosse impulsionada pelos pensamentos de Hadley, Charlotte aparece nas escadas com as bochechas vermelhas e radiante em seu vestido. Está sem o véu e seu cabelo ruivo está solto, formando cachos sobre os ombros. Ela parece voar para os braços do pai de Hadley. A menina olha para o outro lado quando se beijam, e se sente desconfortável. Depois de pouco tempo, o pai aponta para ela.

— Quero lhe apresentar minha filha — diz para Charlotte — oficialmente.

Charlotte sorri para ela.

— Estou tão feliz por você ter conseguido vir — diz e abraça Hadley.

A noiva tem cheiro de flores. Não dá para saber se é perfume ou o cheiro do buquê mesmo. Hadley dá um passo para trás e vê o anel de Charlotte, que é pelo menos duas vezes maior que o da mãe. Ela ainda dá uma olhada escondida no anel de casamento da mãe de vez em quando. E o coloca no dedo, examinando os diamantes lapidados como se tivessem a resposta para a separação dos pais.

— Desculpa por ter demorado — diz Charlotte para o pai —, mas é que fotos de casamento só acontecem uma vez na vida.

Hadley pensa em mencionar que é a segunda vez do pai, mas engole as palavras.

— É mentira dela — diz o pai para Hadley —, ela demora assim, mesmo que seja só para ir ao mercado.

Charlotte bate nele de leve com o buquê.

— Não era para você estar sendo educado no seu casamento?

O pai se inclina para a frente e dá um leve beijo na esposa.

— Vou tentar, só porque você pediu.

Hadley fecha os olhos e se sente como uma intrusa. Queria poder sair dali sem que notassem sua falta, mas Charlotte está sorrindo para ela de novo com uma expressão que não consegue entender muito bem.

— Seu pai falou com você sobre...

— A valsa? — diz o pai interrompendo-a. — Sim, falei.

— Excelente — exclama Charlotte, pondo um braço no ombro de Hadley, como se estivessem conspirando. — Já pedi bastante gelo no salão para quando seu pai pisar nos seus pés.

Hadley dá um sorriso sem graça.

— Legal.

— Acho que devíamos sair e dar um oi rápido para o pessoal, antes de tirarmos as fotos — sugere o pai. — E depois todo mundo vai para o hotel onde será a festa — diz para Hadley —, por isso, precisamos pegar sua mala antes de sairmos.

— Tá — concorda.

E é levada para o final do longo corredor. Sente-se como uma sonâmbula e se concentra em dar um passo de cada vez. A melhor maneira de escapar — do casamento, do fim de semana, do evento todo — é seguir em frente.

— Ei — diz o pai fazendo uma pausa, antes de abrir a porta. Ele se inclina e dá um beijo na testa de Hadley. — Estou realmente muito feliz por você ter vindo.

— Eu também — murmura.

Ela fica para trás e o pai abraça Charlotte, antes de saírem juntos. Uma onda de alegria toma a multidão quando os noivos aparecem. Mesmo sabendo que todos estão olhando para a noiva, Hadley se sente muito exposta e prefere ficar parada, até que seu pai se vira e a chama para junto deles.

O céu ainda está prateado, uma mistura de sol e nuvens, e ninguém mais usa guarda-chuva. Hadley vai atrás do casal feliz enquanto o pai distribui apertos de mão e Charlotte, beijos. É apresentada para pessoas das quais não vai se lembrar depois; quase não consegue ouvir seus nomes. O colega do trabalho, Justin, e Carrie, prima de Charlotte; as responsáveis pela arrumação das flores, Aishling e Niamh; a esposa rechonchuda do reverendo Walker. É um grupo desconhecido que representa tudo o que Hadley não sabe sobre o pai.

Parece que todos os convidados vão à festa mais tarde, mas não conseguem esperar até lá para dar os parabéns. A animação é contagiante. A própria Hadley fica empolgada, até que vê uma mulher com um bebê, aí aquele sentimento ruim volta à tona.

— Hadley — diz o pai enquanto a leva até um casal de idosos —, quero apresentar uns amigos importantes da família de Charlotte, os O'Callaghan.

Hadley aperta a mão de cada um e sorri educadamente.

— Prazer em conhecê-los.

— Então esta é a famosa Hadley — diz o Sr. O'Callaghan. — Ouvimos muito sobre você.

Difícil esconder a surpresa.

— Sério?

— Claro — diz o pai e aperta seu ombro. — Quantas filhas você acha que eu tenho?

Hadley ainda está olhando para o pai sem saber o que dizer quando Charlotte chega e cumprimenta os velhinhos.

— Queremos apenas dar os parabéns, antes de ir embora — diz a Sra. O'Callaghan. — Temos que ir a um enterro, imagine. Mas voltamos mais tarde para a festa.

— Ah, que triste — diz Charlotte —, que pena. Enterro de quem?

— Um amigo de Tom, de quando era advogado em Oxford.

— Que pena — diz o pai. — É longe?

— Paddington — conta o Sr. Callaghan. Hadley se vira para ele rapidamente.

— Paddington?

Ele faz que sim um tanto desconfiado e depois volta a falar com Charlotte e o marido.

— Começa às duas, então é melhor irmos embora, mas parabéns mesmo assim — diz ele. — Estamos animados para hoje à noite.

Hadley fica vendo os dois irem embora e muitas coisas passam por sua cabeça. Uma ideia começa a nascer em sua mente, mas antes de ter a chance de segui-la, Violet aparece anunciando que a hora das fotos chegou.

— Espero que esteja pronta para sorrir até doer — diz para Hadley, que não está nada pronta para sorrir.

Novamente, ela deixa que a levem, maleável como massa de modelar, e seu pai e Charlotte seguem logo atrás, trocando carícias como se não houvesse ninguém ao redor.

— Ah, eu *sabia* que faltava alguém — brinca a fotógrafa quando vê os noivos.

O resto dos convidados já está no jardim ao lado da igreja, no mesmo lugar onde Hadley entrou mais cedo. Uma das outras madrinhas lhe dá um espelho, que ela segura meio sem jeito. Ela se olha, mas a mente está bem longe.

Hadley não faz ideia se Paddington é uma cidade, um bairro ou uma rua. Tudo o que sabe é que Oliver mora lá. Ela fecha os olhos e tenta se lembrar do que ele tinha dito no avião. Alguém pega o espelho, e ela segue a indicação da fotógrafa até seu lugar na grama, onde fica parada bem quieta enquanto o restante do grupo se arruma a seu lado.

Quando pedem que sorria, Hadley força seus lábios para que pareçam estar sorrindo, porém seus olhos ardem com o esforço de organizar os pensamentos, e tudo o que consegue ver é Oliver no aeroporto com a jaqueta jogada no ombro.

Ele realmente disse que ia para um casamento?

A câmera dispara, e a fotógrafa organiza os convidados de maneiras diferentes: primeiro, o grupo todo; depois, só as mulheres e só os homens, depois, muitas variações da família, sendo que a mais estranha é Hadley no meio do pai e de sua nova madrasta. Impossível saber como está conseguindo aguentar, mas está. Seu sorriso é tão falso que dói, e o coração está afundando como um objeto pesado na água.

É ele, pensa quando a câmera dispara. *É o pai de Oliver.*

Não sabe com certeza, é claro, mas assim que põe suas ideias em palavras e dá forma aos pensamentos sem forma em sua mente, Hadley sabe que deve ser isso.

— Pai — diz ela baixinho.

Ele move a cabeça um pouquinho sem tirar o sorriso do rosto.

— Quê? — pergunta.

Charlotte olha para Hadley rapidamente e de volta para a câmera.

— Tenho que ir.

O pai olha para a filha e a fotógrafa franze o rosto e diz:

— O senhor tem que ficar parado.

— Só um minuto — responde com o indicador levantado. Vira-se para Hadley. — Ir aonde?

Todos estão olhando para ela agora: a florista, que está tentando manter os buquês em pé; as outras madrinhas, que observam as fotos de família; a assistente da fotógrafa com sua prancheta. O bebê de alguém chora e os pombos voam para longe da estátua. Estão todos olhando, mas Hadley não dá a mínima porque a possibilidade de Oliver — que passou metade do voo escutando suas lamúrias sobre este casamento, como se fosse uma tragédia de proporções épicas — estar se preparando para o enterro do pai neste instante é demais para ela.

Ninguém ali vai entender; ela sabe disso. Nem ela sabe se entende. Mas a decisão tem certa urgência, como um estado de espírito lento e desesperado. Cada vez que fecha os olhos, está lá novamente: Oliver contando a história no escuro, olhos distantes e voz vazia.

— É que... — começa a falar e para. — Tenho que fazer uma coisa.

O pai levanta as duas mãos e olha em volta sem conseguir entender o que está acontecendo.

— *Agora?* — pergunta com a voz fraca. — Que coisa é essa que você tem que fazer neste exato instante? Em *Londres?*

Charlotte fica olhando para os dois com a boca aberta.

— Por favor, pai — pede com voz doce —, é importante.

Ele balança a cabeça.

— Eu não acho que...

Ela já está indo embora.

— Juro que volto para a festa — promete —, e vou levar o telefone.

— Mas *aonde* você vai?

— Não se preocupe — diz, afastando-se.

No entanto, ela não tem certeza se esta era a resposta que o pai queria ouvir. Ela acena quando chega à porta da igreja. Todos ainda estão olhando como se ela tivesse perdido a cabeça, e talvez tenha, mas precisa tentar. Segura a maçaneta e dá mais uma olhada no pai, que está furioso. Mãos na cintura, testa franzida. Ela acena de novo, entra na igreja e fecha a porta.

O silêncio lá dentro causa um choque, e Hadley fica parada ali com as costas contra as pedras geladas da parede, esperando que alguém — o pai ou Charlotte, a cerimonialista ou um bando de madrinhas — siga atrás dela. No entanto, ninguém aparece, e alguma coisa diz que não é pelo fato de o pai entender sua fuga. Como entenderia? É mais provável que ele não saiba mais como agir feito um pai. Uma coisa é ser o cara que liga para a filha no Natal; outra coisa é disciplinar a filha adolescente na frente dos amigos, principalmente quando você não sabe mais que regras seguir.

Hadley se sente culpada por tirar vantagem da situação, ainda mais no dia de seu casamento, mas é como se o foco tivesse mudado, ficado mais nítido.

Tudo o que quer é encontrar Oliver.

Anda apressadamente até a sala de aula na qual deixou a mala. Vê seu reflexo num espelho; jovem, pálida e insegura, e sente a determinação começando a enfraquecer. Talvez tenha tirado conclusões precipitadas. Talvez esteja errada quanto ao pai de Oliver. Não sabe aonde está indo, e há uma grande possibilidade de nunca ser perdoada pelo próprio pai.

Porém, assim que pega a bolsa, o guardanapo com o desenho de Oliver voa para o chão. Ela sorri involuntariamente quando se abaixa para pegá-lo, passando os dedos pelo pato com tênis e boné de beisebol.

Talvez ela esteja *mesmo* fazendo a coisa errada.

Mas não há outro lugar aonde queira ir agora.

11

09h00 Hora da Costa Leste
14h00 Hora de Greenwich

Hadley só se dá conta de que não sabe aonde está indo quando já está na rua. Os sinos tocam na igreja. Um enorme ônibus vermelho passa rápido e ela dá um passo para trás, surpresa, antes de sair correndo atrás dele. Mesmo sem a mala, que deixou na igreja, ela ainda está lenta. Quando finalmente chega à esquina, o ônibus já foi embora.

Ofegante, apoia-se no vidro do ponto de ônibus para dar uma olhada no mapa com os trajetos, que nada mais é que um emaranhado de linhas coloridas e nomes estranhos. Morde os lábios enquanto o analisa e se pergunta se não há uma maneira melhor de decifrar o código, até que finalmente vê o nome Paddington no canto superior esquerdo.

Não parece ser tão longe, mas é difícil ter certeza sem ter noção da escala. Pode ficar a quilômetros dali, ou a apenas alguns quarteirões. Não há detalhes suficientes no mapa, e ela ainda nem sabe o que vai fazer quando chegar lá; a única coisa que lembra é que Oliver mencionou uma estátua da Virgem Maria na frente da igreja e que ele e seus irmãos costumavam subir nela. Olha para o mapa novamente. Quantas igrejas haveria numa parte tão pequena da cidade? E quantas estátuas?

De qualquer maneira, tem apenas dez libras na bolsa. A julgar pela corrida de táxi, dez libras não servem nem para ir à esquina. O mapa teimoso se recusa a desvendar seus mistérios, então ela acha melhor pedir informação para o próximo motorista de ônibus e torcer para que descubra o melhor caminho. Contudo, depois de dez minutos esperando em vão, resolve dar mais uma olhada nas rotas. Bate os dedos no vidro em sinal óbvio de impaciência.

— Você sabe como funciona, não sabe? — diz um homem com camisa de futebol.

Hadley se estica, ciente de que está bem-vestida demais para um ponto de ônibus. Fica em silêncio, então o homem continua a falar. — Você espera durante anos, aí vêm dois juntos.

— Tem algum ônibus aqui que vai para Paddington?

— Paddington? — pergunta. — Tem sim, não se preocupe.

Quando o ônibus chega, o homem sorri para Hadley e ela nem precisa perguntar ao motorista, pois entende que é o ônibus correto. Fica vendo as placas passarem pela janela e se pergunta como vai saber que chegou, pois as placas só mostram nomes de ruas, não de bairros. Depois de uns bons 15 minutos olhando para as paisagens, finalmente junta coragem para ir até a frente do ônibus e perguntar onde deve descer.

— Paddington? — indaga o motorista, mostrando um dente de ouro ao sorrir. — Você está indo na direção errada.

Hadley resmunga.

— O senhor pode me informar *qual* é a direção certa?

Ele a deixa sair em Westminster e ensina como chegar em Paddington de metrô. Ela fica parada por um instante na calçada. Olha para o céu e vê um avião, o que a deixa mais calma. Sente-se de novo no assento 18A, ao lado de Oliver, suspensa acima do mar, envolta por uma total escuridão.

De repente, parada na esquina no meio de Londres, ela se dá conta de que conhecê-lo foi um milagre. Imagine se tivesse chegado na hora certa para o primeiro voo? Ou se tivesse passado todas aquelas horas ao lado de outra pessoa, um estranho que, mesmo depois de quilômetros, continuasse sendo um estranho? A ideia de que seus caminhos quase *não* se cruzaram a deixa sem ar, como se acabasse de escapar de um acidente numa estrada. A arbitrariedade desse encontro a espanta. Como qualquer outro sobrevivente, sente uma leve onda de gratidão, metade adrenalina, metade esperança.

Ela vai andando pelas ruas lotadas de Londres, procurando pela saída do metrô. A cidade é cheia de caminhos complicados e contorcidos, cheia de avenidas curvas e ruelas sinuosas, como um labirinto vitoriano. É um lindo sábado de verão e as pessoas estão todas na rua, carregando sacolas de supermercado, empurrando carrinhos de bebê, passeando com cachorros e indo caminhar no parque. Passa por um menino que veste a mesma camiseta azul de Oliver e seu coração acelera.

Pela primeira vez, Hadley se arrepende de não ter visitado o pai antes para apreciar as construções antigas, tão imponentes, as cabines vermelhas de telefone, os táxis pretos e as igrejas de pedra. Tudo na cidade parece ser antigo, mas de uma maneira tão charmosa, como se fosse parte de um cenário de um filme. Se não estivesse correndo de um casamento para um funeral e, depois, de volta para o casamento, se não estivesse nervosa, se cada osso de seu corpo não implorasse por Oliver, seria até capaz de passar algum tempo por ali.

Quando finalmente vê a placa vermelha e azul do metrô, desce as escadas correndo e se assusta com a escuridão da estação. Leva muito tempo para entender como usar a máquina de bilhetes e sente que as pessoas na fila atrás dela estão impacientes, até que finalmente uma senhora, que se parece com a rainha, fica com pena e a ajuda. Primeiro, diz quais opções Hadley deve escolher, depois, a afasta da máquina para usá-la.

— Pronto, querida — diz, entregando o bilhete —, boa viagem.

O motorista dissera que Hadley poderia chegar em Paddington trocando de linhas em algum lugar, mas pelo que dá para ver no mapa, dá para ir direto pela linha Circle. Um painel digital avisa que o trem vai chegar em seis minutos, então ela se espreme num pequeno espaço vazio na plataforma e espera.

Observa os anúncios nas paredes enquanto escuta a variedade de sotaques das pessoas ao redor. Não há apenas o sotaque britânico, mas também francês e italiano, e outros que nem reconhece. Ela vê um policial com chapéu meio antiquado, e um homem brinca com uma bola de futebol nas mãos. Uma menina começa a chorar e sua mãe se abaixa para falar com ela numa língua estranha, gutural e dura. A menina volta a chorar.

Ninguém repara em Hadley, ninguém, mas, mesmo assim, nunca se sentiu tão visível: muito pequena, muito americana e obviamente muito sozinha e insegura.

Não quer pensar no pai e no casamento que deixou, nem mesmo em Oliver e no que talvez descubra quando encontrá-lo. O trem ainda vai demorar quatro minutos e sua cabeça dói. O tecido sedoso do vestido está grudando e a mulher a seu lado está muito próxima. Hadley faz uma careta por causa do cheiro úmido, velho e acre, como uma fruta podre num lugar muito pequeno.

Ela fecha os olhos e pensa no conselho que o pai deu no elevador em Aspen, quando as paredes a estavam sufocando como um castelo de cartas, e imagina o céu acima do teto arqueado do metrô, acima das calçadas, além dos prédios estreitos. Esse pensamento vem sempre na mesma forma, como um sonho repetido noite após noite, sempre a mesma imagem: algumas nuvens esparsas como um toque de tinta numa tela azul. Porém, agora tem uma figura nova no quadro, aparecendo lentamente, uma coisa que corta o céu azul de sua imaginação: um avião.

Abre os olhos de novo ao ouvir o trem saindo do túnel rapidamente.

Hadley nunca tem certeza se as coisas são tão pequenas quanto parecem ou se é apenas o pânico que as encolhe. Sempre se lembra de estádios como sendo um pouco maiores que meros ginásios; casarões viram apartamentos em sua mente, por causa do número de pessoas lá dentro. Fica difícil dizer se o metrô é mesmo menor que os de sua cidade, nos quais sempre andou, tentando manter a calma, ou se é o nó em seu peito que faz com que pareça uma caixa de fósforos.

Para seu alívio, consegue sentar na ponta de uma fileira de assentos e imediatamente fecha os olhos de novo. Não está funcionando. Quando o trem sai da estação, lembra-se do livro em sua mochila e o pega de novo para se distrair. Passa o dedo nas letras da capa antes de abri-lo.

Quando era pequena, costumava entrar escondida no escritório do pai em casa. Havia prateleiras que iam do chão até o teto, todas cobertas com livros de capas simples gastas e de capas duras rachadas. Tinha apenas 6 anos quando se sentou na poltrona com o elefantinho de pelúcia e uma edição de *Um conto de natal* nas mãos. Leu com a atenção de quem procura material para uma dissertação.

— O que você está lendo? — perguntou o pai, encostado na porta e tirando os óculos.

— Uma história.

— Uma história? — perguntou, tentando ficar sério. — Que história?

— De uma menina e do elefante dela — informou Hadley.

— É mesmo?

— É — disse ela. — E eles viajam juntos de bicicleta e aí o elefante foge, e ela chora tanto que uma pessoa traz uma florzinha.

O pai atravessou a sala e a levantou da poltrona — Hadley segurou o livro desesperadamente. Como num passe de mágica, ela foi parar no colo dele.

— E o que acontece depois? — perguntou.

— O elefante encontra a menina de novo.

— E depois?

— Ele ganha um bolinho. E eles vivem felizes para sempre.

— Que história linda.

Hadley abraçou seu elefante de pelúcia.

— É mesmo.

— Quer que eu leia outra história para você? — perguntou o pai e pegou o livro com calma, virando as páginas até a primeira. — É sobre o Natal.

Ela se encostou no tecido macio da camisa e ele começou a ler.

Não era nem a história que ela amava tanto; não entendia nem metade das palavras e se sentia perdida no meio das frases. Era o som rouco da voz do pai, as vozes engraçadas que fazia para cada personagem, o fato de deixá-la virar as páginas. Toda noite depois do jantar, eles liam sozinhos no ambiente silencioso do escritório. Às vezes, a mãe ficava parada à porta, com o pano de prato na mão e um sorriso no rosto, e ouvia um pouco, mas geralmente eram só os dois.

Mesmo quando já conseguia ler sozinha, ainda percorriam os clássicos juntos, desde *Anna Karenina* até *Orgulho e preconceito* e *As vinhas da ira*, como se viajassem pelo globo terrestre, deixando buracos nas prateleiras que mais pareciam dentes que tivessem caído.

Mais tarde, quando ficou claro que ela gostava mais dos treinos de futebol e do telefone que de Jane Austen e Walt Whitman, quando as horas começaram a passar mais rápido e cada noite virou apenas mais uma, não fazia mais diferença. As histórias já eram parte dela; já estavam correndo em suas veias, cresceram dentro dela como um jardim. Eram tão profundas e significativas como qualquer outra característica que o pai tinha deixado: os olhos azuis, o cabelo claro como o trigo, as sardas no nariz.

De vez em quando, ele voltava para casa com um livro para ela, presente de Natal ou de aniversário, ou sem motivo algum. Alguns deles eram edições antigas com letras douradas, outros de capa de papel, comprados a um ou dois dólares numa vendinha qualquer na rua. A mãe sempre ficava preocupada, ainda mais quando era um livro que já existia na casa.

— Esta casa está a dois dicionários de afundar no chão — dizia —, e você ainda compra livro repetido?

Mas Hadley compreendia. Não era para ler tudo. Leria no futuro, mas naquele momento o importante era o gesto. Estava dando para a filha a coisa mais importante que podia dar, a única que conhecia. Era um professor, um amante das histórias, e estava construindo uma biblioteca para a filha, da mesma forma que outros pais construíam casas.

Sendo assim, quando ele lhe deu o *Nosso amigo comum* aquele dia em Aspen, depois de tudo o que havia acontecido, o gesto foi extremamente familiar. Ela estava chateada com a partida do pai, e o livro só piorou as coisas. Hadley fez o que mais sabia fazer; ignorou o presente.

Agora, dentro do trem que caminha pela cidade como uma serpente, ela se sente surpreendentemente feliz por ter o livro. Não lia Dickens há anos; primeiro, porque tinha outras coisas a fazer, coisas melhores, e, depois, porque estava protestando silenciosamente contra o pai.

As pessoas falam sobre livros como meio de fuga, mas ali no metrô o livro faz o papel da própria linha da vida. Ela passa as páginas e todo o resto vai embora: o tocar de ombros e bolsas, a mulher de túnica, roendo as unhas, as duas adolescentes com música tão alta nos fones de ouvido que todo mundo consegue ouvir. O movimento do trem faz sua cabeça balançar, mas ela se concentra nas palavras como uma patinadora que encara um ponto fixo para girar. E põe novamente os dois pés no chão.

Hadley passa de um capítulo a outro, e esquece que um dia pensou em devolver o livro. As palavras, é claro, não são do pai, mas ele está em todas as páginas, e sua presença mexe com ela.

Antes de chegar ao destino final, ela para de ler e tenta se lembrar da frase sublinhada que descobriu no avião. Passa os dedos pelas páginas tentando achar a marca de caneta e acaba achando outra frase sublinhada:

"Há dias, nesta vida, dignos da vida e outros, dignos da morte", diz a frase, e Hadley olha para a frente e sente alguma coisa no peito.

Naquela mesma manhã, o casamento pareceu ser a pior coisa da vida, mas agora ela entende que cerimônias realmente terríveis e coisas bem mais tristes podem acontecer a qualquer momento. Ao sair do trem com os outros passageiros e passar pelas palavras ESTAÇÃO DE PADDINGTON nos ladrilhos da parede, Hadley torce para estar errada quanto ao que a espera naquele lugar.

12

09h54 Hora da Costa Leste
14h54 Hora de Greenwich

O sol finalmente apareceu, apesar de as ruas ainda estarem úmidas e reluzentes. Hadley dá uma olhada em volta para tentar se encontrar. Observa a farmácia toda branca, a lojinha de antiguidades, as filas de prédios de cores pálidas ao longo da rua. Um grupo de homens com camisas de rúgbi e olhos vermelhos saem de um pub, e algumas mulheres com bolsas de compras passam por ela na rua.

Olha as horas no relógio; são quase 15 horas e, agora que chegou, não sabe o que fazer. Não tem nenhum policial por perto, nenhum ponto de informações a turistas, nenhuma livraria ou cyber café. É como se tivesse sido jogada no meio de Londres sem bússola ou mapa, como num desafio estranho de um reality show.

Escolhe uma direção aleatória e sai andando. Seria melhor ter trocado de sapato antes de fugir do casamento. Tem uma loja que vende peixe e batatas na esquina, e seu estômago ronca quando sente o cheiro saindo pela porta; a última coisa que comeu foi um pretzel no avião e a última vez que dormiu foi logo antes disso. Não há nada mais que queira tanto quanto deitar e dormir, mas continua andando, impulsionada por um misto de medo e desejo.

Depois de dez minutos e duas bolhas, nada de igreja. Entra numa livraria para perguntar se alguém sabe onde fica a estátua da Virgem Maria, mas o homem olha para ela de um jeito tão estranho que vai embora sem esperar por uma resposta.

Há açougues com pedaços enormes de carne pendurados nas vitrines ao longo da rua, lojas com manequins com saltos altos maiores que os dela, pubs e restaurantes, até uma biblioteca, que mais se parece com uma igreja. No entanto, parece que não tem nenhuma igreja naquele lugar, nenhuma torre com sino, até que — no meio do nada — lá está.

No meio de uma ruela, um prédio de pedras do outro lado. Ela hesita, pisca como se estivesse vendo uma miragem, depois anda rápido, animada. Só que os sinos começam a tocar num tom muito alegre para a ocasião e um grupo de pessoas sai de lá de dentro. É um casamento.

Hadley nem percebeu que estava prendendo a respiração, mas quando se dá conta, solta o ar com força. Espera os táxis pararem de passar rápido e atravessa a rua para confirmar o que já sabia: não era um funeral mesmo, não tinha estátua nenhuma, nem Oliver.

Mesmo assim, não consegue ir embora; fica em pé vendo o momento após o casamento, bem parecido com o que ela tinha acabado de testemunhar, as flores e as madrinhas, as fotografias, os amigos e a família sorrindo muito. Os sinos terminam de tocar sua música alegre, o sol baixa um pouco, e ela continua lá. Depois de muito tempo, pega o telefone e faz o que sempre faz quando está perdida: liga para a mãe

O aparelho está quase sem bateria e seus dedos tremem quando digita os números, ansiosa para ouvir a voz da mãe. É incrível que a última vez que se falaram tenha sido numa briga e que tudo isso aconteceu há menos de 24 horas. Aquela área do aeroporto onde discutiram parece ser parte de outra vida.

Sempre foram próximas, mãe e filha, mas alguma coisa mudou depois que o pai foi embora. Hadley estava com raiva, furiosa como nunca esteve na vida. Porém a mãe... a mãe estava arrasada. Movia-se pela casa como se estivesse embaixo d'água, olhos vermelhos e passos pesados, e só voltava à vida quando o telefone tocava; seu corpo todo tremia como um diapasão, na esperança de que fosse o marido ligando para dizer que tinha mudado de ideia.

Mas isso jamais aconteceu.

Naquelas semanas depois do Natal, seus papéis mudaram; era Hadley quem levava o jantar para a mãe todas as noites, quem ficava acordada, preocupada com o choro dela, quem sempre colocava uma caixa nova de lenços de papel no criado-mudo.

Isso era o mais injusto de tudo: o que o pai fez não afetou apenas ele e a mãe, ou ele e a filha. Acabou afetando mãe e filha também, pois sua interação harmônica ficou frágil e complicada, como se pudesse ser rompida a qualquer momento. A impressão de Hadley é que as coisas nunca mais voltariam ao normal, que sempre ficariam entre a raiva e a dor, que o buraco na casa sugaria as duas.

E assim, do nada, passou.

Mais ou menos um mês depois, a mãe de Hadley apareceu certa manhã no quarto da filha com seu uniforme de sempre — moletom com capuz e as calças de flanela do ex-marido, compridas e largas demais.

— Chega — disse ela —, vamos sair daqui.

Hadley franziu o rosto.

— O quê?

— Faça as malas, filha — disse a mãe, em seu tom característico —, nós vamos viajar.

Era final de janeiro. Lá fora estava tão escuro quanto dentro da casa. No entanto, quando saíram do avião no Arizona, Hadley viu alguma coisa relaxar na mãe, aquela parte que esteve fechada por tanto tempo, como uma pequena bola de tensão dentro dela. Passaram um longo fim de semana na piscina de um *resort*, e sua pele foi ficando cada vez mais morena e os cabelos, cada vez mais louros. À noite, assistiam filmes, comiam hambúrgueres e jogavam minigolfe. Hadley ficou esperando que a mãe fosse fazer uma cena e se derramar em lágrimas a qualquer momento, mas não foi o que aconteceu. No final das contas, sentiu que se a vida fosse ser daquele jeito — como um fim de semana prolongado —, então, talvez, não fosse tão ruim.

Ela só percebeu o objetivo real da viagem quando voltaram para casa; sentiu assim que chegou, como se sente a eletricidade no ar depois de uma tempestade de raios.

O pai havia estado lá.

A cozinha estava gelada e escura, e as duas ficaram ali em silêncio avaliando o estrago. Foram os pequenos detalhes que chamaram mais a atenção, não as ausências mais óbvias — os casacos na porta dos fundos, ou o cobertor de lã que geralmente ficava em cima do sofá no cômodo ao lado. Foram os pequenos espaços em branco: o jarro de cerâmica que ela havia feito para o pai na aula, a foto dos pais dele que ficava no corredor, o lugar onde sua caneca costumava ficar.

Era como uma cena de crime, como se a casa tivesse sido amputada, e a primeira preocupação de Hadley foi a mãe.

No entanto, a expressão dela deixou claro que já sabia que o ex-marido ia pegar suas coisas.

— Por que você não me contou?

A mãe estava na sala, passando os dedos pelos móveis como se estivesse registrando as perdas.

— Achei que seria mais difícil.

— Para quem? — perguntou com olhos acesos.

A mãe não respondeu, apenas olhou para a filha com calma, com uma paciência que mais parecia uma permissão; era a vez de Hadley ficar ressentida, a vez dela de perder o controle.

— Nós achamos que seria muito difícil para você ficar vendo seu pai pegar as coisas — explicou a mãe. — Ele queria te ver, mas não dessa forma. Não enquanto fazia a mudança.

— Sou eu quem está aguentando firme — disse Hadley com a voz baixinha. — *Eu* tinha que decidir se isso seria muito difícil.

— Hadley — falou a mãe, dando um passo em direção à filha. Ela foi para trás.

— Não — disse, engolindo as lágrimas.

Era a verdade. Ela *realmente* mantivera a família unida. Aquele tempo todo foi ela quem as fez seguir em frente, mas agora a sensação era a de que estava caindo aos pedaços, e quando a mãe finalmente a abraçou, toda a confusão daquele mês tomou uma forma nítida. Pela primeira vez, desde a saída do pai, sentiu a raiva se dissolvendo e se transformando em uma tristeza tão grande que parecia não ter fim. Ela apoiou o rosto no ombro da mãe e as duas ficaram abraçadas por um bom tempo. A mãe cobriu a filha com seus braços e a ouviu chorar tudo o que não havia chorado num mês inteiro.

Hadley encontrou o pai em Aspen seis semanas depois disso. A mãe a levou ao aeroporto com a mesma calma comedida, que parecia ser sua principal característica desde a separação, uma paz inesperada, tão frágil quanto certa. Não sabia dizer se era o Arizona que causara aquilo — a mudança repentina, o calor constante — ou se foram os símbolos do pai que, de repente, se foram, mas, de qualquer forma, alguma coisa havia mudado.

Uma semana depois, o dente de Hadley começou a doer.

— Você comeu muito doce no hotel — brincou a mãe, enquanto iam para o dentista. Tinha que ficar segurando o queixo para não doer.

O antigo dentista delas havia se aposentado um pouco depois da última consulta, e o novo era um homem careca de uns 50 anos com uma expressão branda no rosto e jaleco engomado. Quando apareceu na porta para chamá-la, Hadley viu que seus olhos se arregalaram ao ver sua mãe, que fazia palavras-cruzadas numa revista de crianças — estava toda satisfeita, mesmo depois de ela avisar que aquilo era para crianças de 8 anos. O dentista arrumou a parte da frente do jaleco e foi falar com elas.

— Sou o Dr. Doyle — disse e esticou a mão para cumprimentar a mãe de Hadley, que levantou a cabeça com um sorriso distraído. Ele não conseguia parar de olhar para ela.

— Kate — disse a mãe. — E esta é a Hadley.

Depois de fazer a obturação, o Dr. Doyle foi com ela até a sala de espera, o que o outro dentista jamais tinha feito.

— E aí? — perguntou a mãe, levantando-se. — Deu tudo certo? Ela pode ganhar uma balinha por ter se comportado?

— Hum, nós tentamos incentivar o consumo reduzido de doces...

— Ela sabe — disse Hadley, olhando para a mãe —, está só brincando.

— Bem, muito obrigada, doutor — agradeceu a mãe, botando a bolsa no ombro e abraçando a filha. — Tomara que demore para vermos o senhor de novo.

Ele ficou surpreso, mas a mãe abriu um sorriso enorme.

— É só escovar os dentes e passar o fio dental sempre, não é?

— Isso — respondeu ele com um sorriso e ficou olhando para elas enquanto iam embora.

Meses mais tarde — depois que o divórcio saiu, depois que a mãe voltou à rotina, depois de Hadley sentir dor no dente de novo —, o Dr. Harrison Doyle finalmente conseguiu criar coragem e convidar a mãe dela para jantar. Sabia que isso ia acontecer desde o primeiro encontro. Tinha alguma coisa na maneira como o dentista olhava para a mãe, uma esperança que fez com que as preocupações de Hadley ficassem mais leves.

Harrison mostrou-se uma pessoa estável, ao contrário do pai. Pé no chão, ao passo que o pai era um sonhador. Era exatamente o que precisavam; não entrou na vida delas com nenhum tipo de proposta revolucionária, e sim de maneira direta, um jantar de cada vez, um filme de cada vez, testando as zonas periféricas por meses até que elas finalmente estivessem prontas para recebê-lo. E quando esse momento chegou, foi como se ele já estivesse lá desde sempre. Já era difícil se lembrar de como a mesa da cozinha ficava com o pai fazendo uma refeição nela. Para Hadley — presa numa eterna luta entre tentar se lembrar e tentar se esquecer —, isso ajudou a fortalecer a ilusão de que estavam progredindo.

Certa noite, uns oito meses depois do início do namoro da mãe com o Dr. Doyle, Hadley abriu a porta da frente e lá estava ele de um lado para o outro na entrada.

— Oi — disse ela, abrindo a porta —, ela não falou? Está no clube de leitura hoje.

Ele limpou os pés no tapete e entrou.

— Eu queria falar com você, na verdade — disse, colocando as mãos nos bolsos. — Queria pedir permissão para fazer uma coisa.

Hadley, a quem com certeza nenhum adulto jamais havia pedido permissão para nada, ficou intrigada com aquilo.

— Se achar que não é problema para você — disse ele com os olhos brilhando —, eu gostaria de pedir sua mãe em casamento.

Essa foi a primeira vez. A mãe disse não, e ele tentou de novo alguns meses depois. Ela disse não, e ele novamente esperou mais um pouco.

Hadley presenciou a terceira tentativa. Estava sentada numa das pontas da toalha de piquenique quando ele se ajoelhou na frente da mãe. O quarteto de cordas que havia contratado tocava ao fundo. A mãe ficou pálida e balançou a cabeça, mas Harrison apenas sorriu, como se aquilo fosse uma grande piada da qual ele também fizesse parte.

— Achei que você fosse responder isso — disse, fechando a caixinha e colocando-a de volta no bolso.

Olhou para o quarteto e encolheu os ombros, depois se sentou na toalha de piquenique. A mãe se aproximou dele e Harrison balançou a cabeça de leve.

— Eu juro — disse ele — que vou vencer pelo cansaço.

A mãe sorriu.

— Espero que sim.

Na opinião dela, aquilo era totalmente bizarro. Era como se a mãe, ao mesmo tempo, quisesse e não quisesse casar com ele, como se, mesmo sabendo que era a melhor opção, não conseguisse dizer sim porque alguma coisa a impedia.

— Isso não tem a ver com o papai, tem? — perguntou mais tarde, e a mãe a olhou, séria.

— É claro que não — disse —, até porque se eu quisesse competir com ele, teria que ter dito sim, não é?

— Eu não quis dizer que você está tentando *competir* com ele — explicou Hadley. — Acho que a minha dúvida era mais se você ainda está esperando que ele volte.

A mãe tirou os óculos.

— O seu pai... — disse e fez uma pausa. — A gente se enlouquecia. E eu ainda não o perdoei pelo que fez. Tem uma parte do meu coração que sempre vai amá-lo, principalmente por sua causa, mas as coisas são como são por um motivo, não é?

— Mas você ainda não quer se casar com Harrison.

A mãe concordou.

— Mas você o ama.

— Amo — respondeu. — Muito.

Hadley balançou a cabeça, frustrada.

— Isso não faz sentido nenhum.

— Não é para fazer — disse a mãe com um sorriso. — O amor é a coisa mais estranha e sem lógica do mundo.

— Não estou falando sobre amor — insistiu —, estou falando sobre casamento.

A mãe encolheu os ombros.

— Isso — respondeu — é ainda pior.

Agora, Hadley está do lado de fora de uma igreja em Londres, vendo os jovens noivos descendo as escadas. O telefone ainda está perto do ouvido, ela fica escutando os toques de chamada através do oceano, pelos cabos, ao redor do globo terrestre. O noivo entrelaça seus dedos com os da noiva. É um gesto discreto, porém cheio de significado: os dois se mostram ao mundo como uma unidade.

Respira fundo quando a ligação cai na caixa postal. A voz tão familiar da mãe diz para deixar uma mensagem. Ela se vira para o oeste, inconscientemente, como se isso a fosse deixar mais perto de casa. Vê o campanário de uma igreja por entre as fachadas brancas de dois prédios. Antes de o telefone dar o sinal para o início da gravação da mensagem, ela fecha o aparelho, deixa outro casamento para trás e anda rápido para a outra igreja, sabendo, mesmo sem saber, que era a que estava procurando.

Quando chega lá, depois de dar a volta num dos prédios e de passar por entre os carros na calçada, fica paralisada, seu corpo dormente por causa da cena. Lá está, no pequeno pátio, a estátua da Virgem Maria, na qual Oliver costumava subir com os irmãos. Em volta da estátua, em pequenos grupos, há pessoas com roupas pretas e cinza.

Hadley fica parada ao longe, pés fincados na calçada. Agora que está lá, sua decisão de ter ido parece ser a pior coisa do mundo. Tem consciência de que sempre tendeu a se jogar nas situações, mas se dá conta de que esse tipo de visita não se faz dessa maneira. Este não é o fim de uma jornada espontânea, e sim uma coisa profundamente triste, uma coisa irreversível e terrivelmente fatal. Olha para seu vestido de tom lilás, muito alegre para a ocasião, e já está se preparando para ir embora quando avista Oliver, do outro lado do pátio, e sente a boca seca.

Está ao lado de uma mulher baixa, abraçado com ela. Hadley deduz que é sua mãe, mas depois dá uma olhada com mais atenção e percebe que não é Oliver. Os ombros são muito largos e os cabelos muito claros. Quando protege os olhos do sol com as mãos, vê que aquele homem é muito mais velho. Mesmo assim, fica espantada quando ele olha para ela através do pátio. Fica claro que é um dos irmãos de Oliver, tem alguma coisa muito familiar em seus olhos. Seu estômago chega a doer, ela anda para trás e se esconde atrás de um arbusto, como se fosse uma criminosa.

Quando se certifica que não conseguem mais vê-la ali ao lado da igreja, percebe que está perto de uma cerca de ferro, coberta de plantas. No outro lado, há um jardim com árvores frutíferas, uma variedade desorganizada de flores, alguns bancos de pedra e uma fonte que está quebrada e seca. Ela dá a volta na cerca, passando a mão pelo metal gelado até chegar ao portão.

Um pássaro grita no ar e Hadley o observa fazer círculos preguiçosos no céu. As nuvens estão espessas, como algodão, e douradas, por causa da luz do sol, e ela pensa no que Oliver dissera no avião. A palavra se define em sua mente: *cumulus*. A nuvem que parece ser imaginária e real, a um só tempo.

Quando olha para a frente de novo, ele está lá do outro lado do jardim, quase como se ela tivesse feito com que ele aparecesse com o poder da mente. Parece mais velho por causa do terno, pálido e solene, cavando o chão com a ponta do sapato, ombros caídos e cabeça baixa. Ao vê-lo, Hadley sente uma onda tão forte de afeição que quase o chama.

Porém, antes que ela tenha tempo de reagir, ele se vira.

Tem alguma coisa diferente nele, algo quebrado, um vazio em seus olhos que a faz ter certeza que não devia ter vindo. No entanto, o olhar dele a mantém presa, colada no chão que pisa, dividida entre o instinto de ir embora e o desejo de ir até ele.

Ficam assim por um bom tempo, parados como estátuas. Ele não faz nenhum gesto — nem de boas-vindas nem de que precisa dela —, portanto Hadley engole a saliva e decide ir embora.

Mas, assim que se vira para sair, ela escuta a voz dele dizendo uma palavra cujo peso abre portas, como um fim e um começo, como um desejo.

— Espere — pede ele, e ela obedece.

13

10h13 Hora da Costa Leste
15h13 Hora de Greenwich

— O que você está fazendo aqui? — pergunta Oliver olhando para ela como se não acreditasse que está lá.

— Eu não notei — responde com calma —, no avião... Ele abaixa o olhar.

— Não percebi — repete ela. — Desculpa.

Ele faz que sim e olha para um banco afastado, cuja superfície áspera ainda está úmida por causa da chuva de antes. Os dois caminham até o banco com a cabeça baixa, e o som triste de um órgão toca no fundo na igreja. Quando ela está prestes a se sentar, Oliver pede que espere, tira o paletó e o coloca sobre o banco.

— Seu vestido — explica, e Hadley olha para si e estranha o tecido lilás como se nunca o tivesse visto antes.

Alguma coisa naquele gesto parte mais ainda seu coração — a ideia de que ele pensasse em alguma coisa tão trivial num momento desses. Será que não sabe que ela não está nem aí para o vestido? Que não se importaria de deitar na grama e dormir na terra por causa dele?

Incapaz de achar as palavras para recusar a delicadeza, ela se senta e passa os dedos nas dobras macias do paletó. Oliver fica em pé ao seu lado, enrola uma manga e depois a outra, com olhos fixos em alguma coisa do outro lado do jardim.

— Você tem que voltar? — pergunta Hadley.

Ele encolhe os ombros e se senta bem perto dela.

— Acho que sim — responde e apoia os cotovelos sobre os joelhos.

Ele não se mexe. Depois de certo tempo, Hadley se coloca na mesma posição, e os dois ficam olhando para os pés com uma concentração exagerada. Ela sente que deve uma explicação por ter aparecido lá, mas ele não pergunta nada, e eles ficam assim, envolvidos pelo silêncio.

Em Connecticut, tem um pequeno bebedouro para pássaros do lado de fora da janela da cozinha. Hadley sempre ficava olhando para ele enquanto lavava louça. Os visitantes mais frequentes eram dois pardais que viviam brigando, um ficava pulando nas beiradas e berrando, enquanto o outro se banhava, e vice-versa. De vez em quando, um bicava o outro e ambos batiam as asas e se afastavam, jogando água para todos os lados. No entanto, mesmo que ficassem brigando, chegavam juntos e saíam juntos.

Certa manhã, para surpresa de Hadley, apenas um apareceu. Pousou com leveza na borda de pedra do bebedouro e dançou pelo canto sem tocar na água, rodando a cabeça de um lado para o outro com um ar de espanto tão triste que ela se inclinou para a frente e olhou para o céu, mesmo sabendo que não veria nada ali.

Oliver parece esse pássaro agora, passando uma sensação de confusão sem rumo que o deixa com uma expressão muito mais perdida que triste. Hadley nunca esteve tão perto da morte. Os únicos três galhos que faltam em sua árvore familiar são avós que ela perdeu antes de nascer, ou então quando ainda era pequena demais para notar a ausência. Por algum motivo, sempre achou que esse tipo de tristeza era como nos filmes, com lágrimas e muito desespero. Ali no jardim, porém, não há cenas de revolta; ninguém está de joelhos, se lamentando; ninguém está blasfemando.

Em vez disso, Oliver parece enjoado. Seu rosto está meio cinza e a falta de cor fica ainda mais acentuada por causa da roupa escura. Ele olha para ela sem expressão. Seus olhos estão vermelhos, como se ele estivesse sentindo dor, mas não pudesse dizer em que parte do corpo. Ele respira fundo.

— Desculpe não ter falado — diz, depois de certo tempo.

— Não — fala Hadley, balançando a cabeça. — Eu que peço desculpas por ter achado que...

Ficam em silêncio novamente.

Depois de um minuto, Oliver suspira.

— Meio estranho, né?

— Qual parte?

— Sei lá — concorda ele com um leve sorriso. — Você no funeral do meu pai?

— Ah — concorda ela —, essa parte.

Ele se abaixa, pega algumas folhas de grama e começa a rasgá-las com os dedos.

— Sério. Esse negócio todo. Acho que os irlandeses fazem isso bem melhor, fazem logo uma festa. Melhor mesmo, porque isso aí — indica a igreja com o queixo — é uma loucura.

Ao seu lado, Hadley mexe na borda do vestido sem saber o que dizer.

— Não que tenha muito o que celebrar — diz com raiva, deixando os pedaços de grama voltarem ao chão —, ele era um imbecil. Não há motivos para esconder isso agora.

Ela fica surpresa, mas Oliver parece aliviado.

— Pensei nisso a manhã toda — confessa ele. — Nos últimos 18 anos, na verdade. — Ele olha para ela e sorri. — Você é meio perigosa, sabia?

Ela o encara.

— Eu?

— É — diz e se encosta no banco. — Sou honesto demais com você.

Um passarinho pousa no chafariz no meio do jardim. Eles ficam olhando o animal ciscar a pedra em vão. Não tem água, só uma camada grossa de terra. Depois de algum tempo, o pássaro vai embora e se transforma em nada mais que um ponto reluzente no ar.

— O que aconteceu com ele? — pergunta com calma, mas Oliver não responde; nem olha para ela.

Através da vegetação na cerca, ela vê as pessoas começando a ir para os carros, escuras como sombras. Lá no alto, o céu está sem graça e cinza de novo.

Algum tempo passa, e ele tosse.

— Como foi o casamento?

— O quê?

— O casamento. Como foi?

Ela encolhe os ombros.

— Tranquilo.

— Ah, por favor — diz ele com um olhar de súplica. Hadley suspira.

— A Charlotte é legal — confessa ela, dobrando os braços. — Legal até demais.

Oliver sorri. Está mais parecido com o Oliver do avião agora.

— E seu pai?

— Acho que está feliz — diz ela com a voz baixa. Não consegue mencionar o bebê, como se falar sobre ele pudesse fazê-lo se tornar realidade. Ela se lembra do livro e o pega na mochila. — Não o devolvi.

Ele olha para o lado e vê a capa.

— Li um pouco enquanto vinha para cá — diz ela. — Até que é bom.

Oliver pega o livro e passa as páginas, como fez no avião.

— Como você me achou?

— Tinha uma pessoa falando sobre um funeral em Paddington — diz ela e Oliver treme ao ouvir a palavra *funeral*. — E sei lá. Eu senti que era isso.

Ele faz que sim com a cabeça e fecha o livro com cuidado.

— Meu pai tinha a primeira edição deste livro — diz ele com a boca tensa. — Ficava numa prateleira lá no alto do escritório porque tinha muito valor.

Passa o livro de volta para Hadley, que o abraça e espera que Oliver continue contando.

— Sempre achei que o livro era valioso para ele por motivos errados — diz com voz mais branda. — Nunca o vi lendo nada, a não ser documentos legais. Mas, de vez em quando, no meio do nada, ele citava um trecho. — Ele dá uma risada sem graça. — Era tão falso. Como um açougueiro cantor. Um contabilista sapateador.

— Talvez ele não fosse o que você achava...

Oliver olha para ela com seriedade.

— Não.

— Não o quê?

— Eu não quero falar sobre ele — diz com os olhos cheios de raiva.

Passa a mão na testa e, depois, no cabelo. Uma brisa brinca com a grama aos pés deles e deixa o peso dos ombros mais leve. A música do órgão lá dentro da igreja para de repente, como se tivesse sido interrompida.

— Você disse que é honesto comigo, não disse? — pergunta depois de certo tempo. Fala, olhando para os ombros de Oliver, e ele se vira para olhar para ela. — Então pronto. Fale comigo. Seja honesto.

— Sobre o quê?

— O que você quiser.

Surpreendentemente, ele a beija. Não como no avião, um beijo leve e fofo e cheio de despedida. Este beijo é mais urgente, mais desesperado; ele pressiona os lábios contra os dela, e Hadley fecha os olhos e corresponde. Retribui o beijo até que, repentinamente, ele se afasta e os dois ficam se olhando.

— Não foi isso que eu quis dizer — fala. Oliver dá um sorriso travesso.

— Você me mandou ser honesto. Foi a coisa mais honesta que fiz desde que cheguei aqui.

— Estava me referindo a seu pai — diz ela, sentindo as bochechas ficando vermelhas. — Talvez ajude falar sobre ele. Se você...

— Se eu o quê? Se eu falar que sinto falta dele? Que estou deprimido? Que este é o pior dia da minha vida? — Ele se levanta abruptamente. Por um breve momento de terror,

Hadley acha que vai embora, mas ele fica andando de um lado para o outro, alto, magro e lindo com aquela camisa. Ele para, olha para ela; dá para ver a raiva em seu rosto. — Olha só, hoje, esta semana, tudo está sendo uma falsidade só. Você acha que o seu pai é terrível por causa do que *ele* fez? Pelo menos, *seu* pai foi honesto. Seu pai teve a coragem de ir *embora*. E eu sei que isso não importa, mas, pelo que você disse, ele está feliz, sua mãe também, então estão melhor separados mesmo.

Mas eu não estou feliz, pensa, sem dizer nada. Oliver continua andando. Ela o acompanha como se fosse um jogo de tênis, de um lado para o outro, de um lado para o outro.

— Mas o *meu* pai? Ele traiu minha mãe durante anos. O seu pai teve um caso que virou amor, não foi? E virou casamento. Foi uma coisa pública, vocês ficaram livres. O meu teve vários casos, talvez mais do que eu saiba, e o pior é que todo mundo sabia e ninguém falava nada. Em algum momento, alguém simplesmente decidiu que íamos todos ser infelizes em silêncio, e foi isso que fizemos. Mas nós sabíamos — disse, baixando os ombros de novo. — Todo mundo sabia.

— Oliver — continua ela, mas ele balança a cabeça.

— Então, não — continua ele —, eu não quero falar sobre o meu pai. Ele era um idiota, não só por causa dos casos, mas de várias outras maneiras também. E eu passei a vida toda fingindo que estava tudo bem para poupar a minha mãe. Mas agora que ele foi embora, chega de fingir. — Ele cerra os punhos e a boca está tensa. — Quer mais honestidade que isso?

— Oliver — repete ela, colocando o livro de lado e se levantando.

— Está tudo bem — diz ele. — Eu estou bem.

Lá longe, alguém o chama, e uma garota de cabelo preto e óculos muito escuros aparece no portão. Não é muito mais velha que Hadley, mas é tão segura de si que ela se sente pequenininha.

A menina para de andar quando os vê, visivelmente surpresa.

— Já está quase na hora, Ollie — diz ela, colocando os óculos no topo da cabeça. — O cortejo já vai sair.

Oliver fica olhando para Hadley.

— Um minuto — pede ele, sem desviar o olhar.

A garota hesita, como se fosse falar mais alguma coisa, porém encolhe os ombros e vai embora.

Assim que ela sai, Hadley se força a olhar para Oliver de novo. A presença da garota quebrou o encanto do jardim, e agora ela consegue ouvir as vozes com clareza, as portas dos carros batendo, um cão latindo ao longe.

Ele fica parado.

— Desculpa — diz ela com calma. — Eu não devia ter vindo.

— Não — responde Oliver. Ela olha para ele, querendo ouvir outras palavras dentro daquela ou ainda debaixo ou ao redor delas. *Não vá embora*, ou *Fique, por favor*, ou *Eu que peço desculpas*. Mas ele simplesmente diz: — Tudo bem.

Ela fica inquieta, enterrando os saltos altos na grama.

— Acho melhor eu ir embora — argumenta ela, mas seus olhos dizem *Estou tentando ir*, e suas mãos tremem para resistir à vontade de tocá-lo, de pedir *Por favor*.

— Tá — diz ele. — Eu também.

Eles não se movem. Hadley está prendendo a respiração. *Peça para eu ficar.*

— Bom ver você de novo — diz ele, sério.

Para surpresa de Hadley, ele oferece uma das mãos. Ela aceita, sem jeito, e eles ficam de mãos dadas por um tempo, algo entre um toque e um aperto, com as palmas unidas até que Oliver finalmente solta a dela.

— Boa sorte — fala ela, embora não saiba a quê esteja se referindo.

— Obrigado — diz ele, concordando.

Ele pega o paletó e o coloca sobre um dos ombros sem nem tirar a sujeira. Quando ele se vira para sair do jardim, seu estômago dá um nó. Ela fecha os olhos para conseguir lidar com a torrente de palavras que não saem, tudo o que não foi dito.

Quando abre os olhos de novo, ele já se foi.

A bolsa dela ainda está no banco. Ela tenta pegá-la, mas acaba se sentando na pedra úmida de novo, sentindo-se muito cansada, como a sobrevivente de uma tempestade. Não devia ter ido encontrá-lo. Isso está claro agora. O sol está se pondo, e, apesar de ter que ir para outro lugar, qualquer senso de imediatismo simplesmente desaparece.

Ela se senta, pega o livro e fica passando as páginas. Uma página com a orelha virada aparece, e Hadley percebe que a ponta da orelha está mostrando o começo de um diálogo, como uma seta:

"É de muita utilidade neste mundo", diz a citação, "aquele que torna mais leves os sofrimentos do outro."

Alguns minutos depois, quando passa de novo pela igreja, Hadley vê a família ainda reunida perto da porta. Oliver está de costas, com o paletó sobre o ombro, e a garota que os encontrou está ao seu lado. A maneira como sua mão descansa sobre o braço dele passa um sentimento de proteção. A cena faz com que Hadley aperte o passo. Suas bochechas estão vermelhas, mesmo sem saber por quê. Ela passa pelos dois, pela estátua de olhar intenso, pela igreja e pela fileira de carros prontos para levá-los ao cemitério.

Antes de ir embora, quase que instintivamente, coloca o livro no capô de um dos carros. Depois, antes de qualquer pessoa ir falar com ela, vira-se e vai embora.

14

11h11 Hora da Costa Leste
16h11 Hora de Greenwich

Se alguém perguntasse por algum detalhe específico da viagem de volta à Kensington — em qual estação do metrô fez baldeação, quem sentou ao seu lado, quanto tempo levou —, Hadley teria dificuldade em responder. Dizer que a volta foi um borrão sugeriria que pelo menos alguma informação teria sido apreendida, mesmo que a confusão fosse intensa. Mas, quando finalmente voltou à luz do dia na parada de Kensington, foi tomada por uma sensação desconfortável de que viajou no tempo como uma pedra.

O choque — ou seja lá o que for isso que está sentindo — é uma das curas mais eficazes para a claustrofobia. Viajou por baixo do solo durante uma hora e meia e não teve que forçar sua mente a pensar em outro lugar nem uma vez. A localização não importava; sua mente *já* estava nas nuvens.

Ela se dá conta de que deixou o convite do casamento dentro do livro, e mesmo sabendo que o hotel é perto da igreja, não consegue se lembrar do nome. Violet ficaria surpresa.

Quando abre o celular para ligar para o pai, Hadley vê que tem uma mensagem, e mesmo antes de digitar sua senha, sabe que é da mãe. Ela nem checa a mensagem, simplesmente liga de volta, não quer ouvir a caixa postal de novo.

A mãe, porém, não atende.

Mais uma vez cai na caixa postal, e Hadley suspira.

Tudo o que quer é falar com a mãe, contar sobre o pai e o bebê, sobre Oliver e o pai dele, sobre o fracasso da viagem.

Tudo o que quer é fingir que as duas últimas horas não existiram.

Sente um bolo do tamanho de um punho em sua garganta quando pensa na maneira como Oliver a deixou sozinha no jardim, a maneira como seus olhos — que a observaram com tanto carinho no avião — estavam fixados no chão.

E aquela garota. Tinha quase certeza que era a ex-namorada dele — a maneira casual como veio chamá-lo, a mão amiga no ombro. Só não tem certeza sobre ser *ex*. Ela olhou para ele de uma maneira tão possessiva, como se estivesse demarcando o território, mesmo que a distância.

Encosta numa cabine telefônica vermelha e se sente mal, deve ter parecido uma idiota por ter ido procurar por ele daquele jeito. Tenta não pensar no que devem estar falando sobre ela, mas as possibilidades passam pela mente mesmo assim: Oliver encolhendo os ombros em resposta às perguntas da garota, dizendo que Hadley é só uma pessoa que conheceu no avião.

Carregou as memórias da noite no voo durante a manhã inteira, a ideia de que Oliver fora uma espécie de escudo contra este dia, mas agora estava tudo arruinado. Nem mesmo a memória do último beijo a anima. É provável que nunca mais o veja, e a maneira como se despediram a faz querer se deitar no chão bem ali na esquina.

O telefone toca. É o número do pai na tela.

— *Onde* você está? — pergunta, quando ela atende. Ela olha para todos os lados.

— Estou quase aí — responde, sem ter certeza de onde fica esse *aí*.

— Onde você estava? — pergunta ele.

Pelo tom de voz, sabe que o pai está furioso. Pela milionésima vez naquele mesmo dia, sente vontade de voltar para casa, mas ainda tem que ir à festa e dançar com o pai raivoso enquanto todo mundo olha; ainda tem que desejar tudo de bom para o casal, ver o bolo sendo cortado e passar mais sete horas sobrevoando o Atlântico ao lado de alguém que não vai desenhar um pato num guardanapo, que não vai roubar uma garrafinha de uísque para ela, nem vai tentar beijá-la no banheiro.

— Tive que ir ver um amigo — explica.

O pai resmunga.

— E agora? Vai visitar algum coleguinha em Paris?

— Pai.

Ele respira fundo.

— Você escolheu uma excelente hora para isso, Hadley.

— Eu sei.

— Fiquei preocupado — admite.

O tom áspero em sua voz vai diminuindo. Ela esteve tão ansiosa para achar Oliver que não pensou que o pai fosse ficar preocupado. Com raiva, sim; mas, preocupado? Ele não bancava o pai protetor há tanto tempo, e, além disso, é o dia do casamento dele. Agora percebe que sua fuga pode ter assustado o pai, e começa a ficar mais calma também.

— Fui impulsiva — confessa. — Perdão.
— Quanto tempo vai demorar para chegar aqui?
— Pouco tempo — responde. — Quase nada.

Ele respira fundo de novo.

— Que bom.
— Mas, pai?
— O quê?
— Aonde é que eu tenho que ir?

Dez minutos depois, com a ajuda das instruções do pai, Hadley está na entrada do hotel Kensington Arms, uma mansão gigante que parece fora de contexto no meio das ruas lotadas, como se tivesse sido arrancada do interior e despejada ali em Londres. O chão é feito de mármore preto e branco, como um gigantesco tabuleiro de xadrez, e há uma escada em curva enorme com corrimão dourado que vai até o teto iluminado por candelabros. Cada vez que alguém entra pelas portas giratórias, o cheiro brando do rio também entra, pois o ar lá fora está pesado com a umidade.

Quando vê seu reflexo num dos espelhos ornamentados atrás da mesa da recepção, Hadley rapidamente abaixa o rosto. As outras madrinhas vão ficar decepcionadas quando virem que todo o trabalho árduo de antes foi arruinado; seu vestido está tão amarrotado que parece que acabou de sair da mochila, e os cabelos — que estavam tão perfeitamente arrumados mais cedo — estão caindo, mechas grossas cobrem seu rosto, e o coque está totalmente desmanchado.

O homem na recepção termina de falar ao telefone, coloca o fone no gancho e olha para Hadley.

— Posso ajudar, senhorita?

— Onde é a festa de casamento dos Sullivan? — pergunta e ele olha para a mesa.

— Ainda não começou — responde com sotaque pesado. — Vai ser no salão Churchill exatamente às 16 horas.

— Certo — diz Hadley, — mas, na verdade, estou procurando o noivo.

— Ah, pois não — responde e liga para o quarto. Murmura alguma coisa ao telefone, desliga e faz que sim com a cabeça para Hadley. — Suíte 48. Estão esperando pela senhorita.

— Devem estar mesmo — comenta e vai para o elevador.

Ela bate na porta da suíte e está tão nervosa esperando pelo olhar de desaprovação do pai, que fica surpresa ao ser recebida por Violet. Não que ela não esteja com uma expressão aborrecida.

— O que aconteceu com você? — pergunta, dando uma olhada em Hadley dos pés à cabeça. — Correu uma maratona?

— Está quente lá fora — responde Hadley, olhando o vestido com tristeza.

Pela primeira vez, ela nota que, como se não bastasse todo o resto, tem uma enorme marca de sujeira na barra do vestido. Violet dá um gole na taça de champanhe, toda marcada de batom, e analisa o estrago do vestido. Hadley vê que tem várias pessoas sentadas no sofá verde lá dentro, uma bandeja de vegetais coloridos na mesa do centro e várias garrafas de champanhe no gelo. Há uma música discreta tocando ao fundo, um som instrumental meio sonolento, e vozes vindas do canto.

— Acho que vamos ter que dar um jeito em você antes da festa, né? — diz Violet com um suspiro.

Hadley faz que sim com a cabeça. O celular, que ela ainda segura com a mão suada, começa a tocar. Olha para a tela e vê que é o pai que deve estar se perguntando por que ela ainda não chegou.

Violet ergue as sobrancelhas.

— "O professor"?

— É meu pai — explica, antes que Violet comece a achar que Hadley está recebendo ligações de um professor americano.

Olha para o telefone de novo e se sente desanimada. O que antes era engraçado, hoje é um pouco triste; até mesmo isso — o gesto mais simples, o apelido mais bobo — está contaminado por um distanciamento.

Violet se afasta da porta como se fosse o segurança de uma boate e puxa Hadley para dentro.

— Não temos muito tempo até a festa — diz, fechando a porta.

Hadley sorri.

— Que horas começa mesmo?

Violet revira os olhos e nem se dá ao trabalho de responder. Volta para a sala e senta com cuidado numa das cadeiras. Seu vestido esta impecável.

Vai direto para a saleta que conecta o quarto ao resto da suíte. Seu pai está lá dentro com algumas pessoas em volta de um laptop. Charlotte está na frente da tela com o vestido espalhado ao seu redor. Hadley não consegue ver a tela, mas fica claro que a noiva está mostrando alguma coisa.

Ela chega a pensar em ir embora. Não quer ficar vendo as fotos deles na Torre Eiffel, com carinhas felizes num trem, ou dando comida para os patos dos Jardins de Kensington. Não quer ser forçada a ver evidências do aniversário do pai num pub em Oxford; não quer ser lembrada de que não estava lá. Acordou naquele dia sentindo o peso da data durante a aula de geometria e a de química, durante o almoço na cantina, onde um grupo de jogadores de futebol cantou uma versão cômica de "Parabéns pra você" para Lucas Heyward, um dos jogadores. No final da cantoria, Hadley ficou surpresa ao ver que tinha esmagado todo o pretzel que ia comer.

Não precisa ver fotos para ter certeza de que não faz mais parte da vida dele.

No entanto, ele, seu pai, é o primeiro a perceber que ela está lá em pé. Hadley se prepara para várias reações — raiva por ela ter fugido e por estar atrasada, alívio por estar bem —, mas não para a que presencia: alguma coisa na expressão dele mostra um olhar de reconhecimento, como um pedido de desculpas.

Neste instante, só deseja que as coisas fossem diferentes. Não da maneira como vem desejando há meses; não é um desejo amargo, meio ruim, mas o tipo de desejo que você faz de todo o coração. Ela não sabia que era possível sentir saudade de uma pessoa que está na sua frente, mas é: sente tanta falta dele que fica sem reação. De repente, percebe que a maneira como vem tentando tirá-lo de sua vida é totalmente em vão. Vê-lo ali agora a faz pensar no pai de Oliver e sobre outras formas bem piores de se perder uma pessoa, maneiras muito mais permanentes que podem causar danos bem mais profundos.

Ela abre a boca para dizer alguma coisa, mas antes de conseguir, Charlotte fala.

— Você chegou! — exclama. — Ficamos preocupados.

Alguém quebra um copo na sala ao lado e Hadley se assusta. Todos no cômodo olham para ela. Hadley tem a sensação de que o papel de parede floral está se aproximando.

— Foi explorar a cidade? — pergunta Charlotte com tanto interesse, com um entusiasmo tão genuíno, que seu coração fica apertado. — Você se divertiu?

Desta vez, quando olha para o pai, sua expressão faz com que ele se levante do braço da cadeira na qual Charlotte está.

— Você está bem, filhota? — pergunta com a cabeça inclinada.

Só quer balançar a cabeça; no máximo, dar de ombros. Mas, para surpresa de Hadley, o que se ouve é um soluço, que percorre a garganta dela como uma onda. Começa a fazer uma careta, ao mesmo tempo em que surgem nos olhos as primeiras lágrimas.

Não é culpa de Charlotte nem das outras pessoas no quarto; pela primeira vez, não é nem culpa do pai. O problema é aquele dia estranho e surpreendente. Nunca um dia parecera tão infinito. Apesar de saber que não passava de uma coleção de minutos, um após o outro, nunca percebeu, como hoje, o fato de que minutos viram horas, de que meses poderiam rapidamente ter virado anos, o quão perto esteve de perder uma coisa muito importante para o movimento incessante do tempo.

— Hadley? — chama o pai e tira os óculos, indo até ela.
— O que foi?

Ela está chorando, encostada na porta. Quando sente a primeira lágrima caindo, pensa — que ridículo — em Violet. Mais uma coisa para ela se preocupar quando for arrumá-la.

— Filha — diz o pai ao lado de Hadley, pondo a mão forte sobre seu ombro.

— Desculpa — responde. — É que foi um dia muito longo.

— Foi mesmo — diz ele.

Hadley já sabe o que o pai vai dizer. Ela vê aquela luz familiar atrás de seus olhos.

— Foi mesmo — repete. — Então é hora de consultar o elefante.

15

11h47 Hora da Costa Leste
16h47 Hora de Greenwich

Mesmo que o pai ainda morasse com ela em Connecticut, mesmo que ela ainda se sentasse com ele para tomar café, vestindo pijama, e desse boa-noite no corredor antes de ir dormir, mesmo assim esta cena devia acontecer com a participação da mãe. Sendo pai ausente ou não, consolar a filha que está aos prantos por causa de um garoto é território materno absoluto e irrefutável.

No entanto, está com o pai, a melhor e única opção no momento, contando toda a história como se fosse um segredo antigo. Ele está sentado numa cadeira virada ao contrário, e apoia os braços no encosto. Hadley agradece por ele não fazer aquela cara de professor — cabeça para o lado e olhos vazios, com uma expressão que denota um suposto interesse.

Não, a maneira como olha para ela agora é mais profunda; é a maneira como olhou quando era criança e machucou o joelho, quando caiu de bicicleta no asfalto, quando deixou cair um vidro de cerejas no chão da cozinha e cortou o pé. Alguma coisa naquele olhar a faz se sentir melhor.

Abraçada com uma das almofadas decorativas da cama sofisticada, conta tudo sobre o encontro com Oliver no aeroporto e a mudança de assento no avião. Conta que Oliver a ajudou a não se sentir claustrofóbica, distraindo-a com perguntas bobas, salvando-a como o pai já havia feito.

— Lembra como você me disse para pensar no céu? — pergunta ela para o pai, que faz que sim com a cabeça.

— Ajuda?

— Ajuda — diz. — É a única coisa que ajuda.

Ele abaixa a cabeça, mas antes ela consegue ver que está sorrindo.

Tem uma festa de casamento acontecendo lá fora, uma noiva e garrafas de champanhe, horários a cumprir, coisas importantes. Mas ele está ali ouvindo a filha, como se não tivesse mais nada para fazer. Como se nada fosse mais importante do que isso. Do que *ela*. Hadley continua contando.

Fala sobre a conversa com Oliver, sobre as longas horas em que não podiam fazer nada a não ser conversar enquanto sobrevoavam um oceano sem fim. Conta sobre os projetos de pesquisa ridículos de Oliver, sobre o filme com os patos e sobre ter achado erroneamente que ele também ia para um casamento. Fala até sobre o uísque.

Não conta nada sobre o beijo no aeroporto.

Quando chega à parte em que se perdem no aeroporto, está tão afobada que mal consegue falar direito. É como se uma espécie de válvula tivesse sido aberta dentro dela e não tem como parar a torrente. Quando conta sobre o funeral em Paddington, sobre a concretização de suas piores suspeitas, ele pega a mão da filha.

— Eu devia ter contado — diz ela e limpa o nariz com as costas da mão. — Na verdade, nem devia ter ido lá.

O pai não diz nada, para alívio de Hadley. Ela não sabe ao certo como contar o resto da história — a expressão de Oliver tão obscura e solene como uma tempestade começando ao longe. Do outro lado da porta, pessoas riem e batem palmas. Ela respira fundo.

— Eu estava tentando ajudar — explica com calma, mesmo sabendo que essa não é toda a verdade. — Queria vê-lo de novo.

— Que fofa — diz o pai, e ela balança a cabeça.

— Não sou, não. Tipo, só conversei com ele durante algumas horas. É ridículo. Não faz sentido.

O pai sorri e depois ajeita a gravata-borboleta torta.

— É assim que essas coisas acontecem, filha — diz ele. — O amor é a coisa mais estranha e sem lógica do mundo.

Hadley levanta a cabeça.

— O que foi?

— Nada — diz. — A mamãe já me falou exatamente essa mesma frase.

— Em relação ao Oliver?

— Não, em geral.

— Sua mãe é muito inteligente — responde ele sem nenhum traço de ironia ou intenção, o que faz com que Hadley faça a pergunta que segurou por mais de um ano.

— Então por que você se separou dela?

O pai abre a boca e encosta na cadeira como se as palavras fossem coisas materiais.

— Hadley — diz, mas a voz falha.

Ela faz que sim com a cabeça.

— Tudo bem — diz ela. — Deixa pra lá.

Ele se levanta tão rápido que Hadley acha que vai sair da sala. Em vez disso, ele se senta ao lado dela na cama. Ela se ajeita para ficar de lado, para que não tenham de se olhar.

— Eu ainda amo sua mãe — diz ele com calma. Hadley pensa em interrompê-lo, mas ele continua a falar. — É claro que agora as coisas estão diferentes. E há muita culpa nessa história. Mas ela ainda significa muito para mim. Você tem que saber disso.

— Então como você conseguiu...
— Ir embora?

Hadley concorda.

— Tive que ir — responde com simplicidade —, mas isso não significa que eu queria deixar *você*.

— Você se mudou para a *Inglaterra*.

— Eu sei — diz ele com um suspiro —, mas isso não teve nada a ver com você.

— Com certeza — diz, sentindo aquela raiva familiar —, teve a ver com *você*.

Ela quer que ele discuta, brigue, faça o papel do cara egoísta tendo uma crise de meia-idade, quer que ele seja o homem que ela vinha imaginando há semanas, há meses. No entanto, ele permanece sentado com a cabeça baixa, com as palmas das mãos sobre as pernas e uma expressão totalmente derrotada.

— Eu me apaixonei — diz ele. A gravata-borboleta está torta de novo, lembrando Hadley de que aquele dia, afinal de contas, é o dia de seu casamento. Ele passa a mão em volta do queixo e olha para a porta.

— Não espero que você vá compreender. Sei que sou o pior pai do mundo. Eu sei, eu sei, eu sei. Acredite, tenho consciência disso.

Ela fica em silêncio, esperando que ele continue. O que pode dizer? Ele vai ser pai de novo em breve, é uma chance de começar novamente. Dessa vez, pode ser melhor. Dessa vez, pode estar mais presente.

Ele aperta o topo do nariz como se estivesse com dor de cabeça.

— Não estou esperando que você me perdoe. Sei que as coisas não vão voltar a ser como antes. Mas quero começar do zero e queria que você começasse comigo. — Aponta a porta com a cabeça. — Sei que é tudo diferente, e que vai levar tempo, mas queria muito que você fizesse parte desta nova vida também.

Hadley olha para o vestido. A exaustão que ela vem ignorando há horas está começando a tomar conta, como uma maré, como se alguém estivesse colocando um cobertor em cima dela.

— Eu gostava da nossa outra vida — diz com o rosto franzido.

— Eu sei. Mas preciso de você agora também.

— E a mamãe também.

— Eu sei.

— Eu queria...

— O quê?

— Que você tivesse ficado.

— Eu sei, filha — repete pela milionésima vez.

Ela espera pelos argumentos dele, dizendo que assim está melhor, que é o que a mãe sempre diz quando elas têm este tipo de conversa.

Mas ele não fala nada.

Hadley sopra uma mecha de cabelo que está caída no rosto. O que foi que Oliver disse mais cedo mesmo? Que, pelo menos, o pai dela teve a coragem de *ir* embora. Será que isso faz sentido? Difícil imaginar como seria a vida deles se tivesse voltado para casa no Natal e deixado Charlotte. Será que seria melhor assim? Ou seriam como a família de Oliver, em que a infelicidade pesava como um cobertor sobre cada um deles, sufocante e opressor e tão silencioso? Hadley sabia melhor que ninguém que até mesmo o *silêncio* podia virar uma coisa maior que as próprias palavras, como aconteceu entre ela e o pai, como aconteceria entre seus pais se as coisas tivessem se dado de outra maneira. Foi melhor que tivessem se separado mesmo? Impossível saber.

Uma coisa é certa: ele está feliz. Dá para ver no rosto dele, até mesmo agora que está todo curvado na cama como um objeto quebrado, com medo de se virar e olhar para ela. Até mesmo agora, apesar de tudo, há uma luz nos olhos dele que se recusa a ir embora. É a mesma luz que Hadley vê nos olhos da mãe quando está com Harrison.

É a mesma luz que julga ter visto nos olhos de Oliver no avião.

— Pai — chama com a voz bem baixa —, estou feliz por você estar feliz.

Ele não consegue disfarçar o espanto.

— Está?

— Claro.

Ficam calados por um momento até que ele olha para a filha.

— Sabe o que me deixaria ainda mais feliz?

Ela levanta as sobrancelhas.

— Se você viesse nos visitar um dia.

— Visitar?

Ele sorri.

— É, em Oxford.

Ela tenta imaginar como é a casa dele, mas só vê a imagem de uma casa inglesa de campo que deve ter visto em algum filme. Ela fica na dúvida se tem um quarto para ela, mas não consegue perguntar. Mesmo que tenha um quarto, provavelmente vai ser do bebê.

Antes de responder, alguém bate na porta. Os dois olham.

— Pode entrar — diz o pai.

É Violet. Hadley fica surpresa ao vê-la meio cambaleante. Está segurando um copo de champanhe.

— Faltam trinta minutos — anuncia e mostra o relógio.

Hadley vê Charlotte atrás de Violet. Ela se inclinou para trás na poltrona, onde está sentada rodeada pelas outras madrinhas.

— Não tem pressa — diz Charlotte para eles. — Não vão começar sem a gente mesmo.

O pai olha para ela e coloca uma das mãos sobre seu ombro ao se levantar.

— Acho que já terminamos aqui — diz.

Ela se levanta também e vê seu reflexo no espelho, olhos inchados e tudo o mais.

— Acho que preciso...

— Concordo — diz Violet pegando-a pelo braço.

Ela faz sinal para as outras mulheres, que colocam seus copos na mesa e correm para o banheiro. Assim que todas se posicionam ao redor do espelho com suas ferramentas — escova ou pente, rímel ou sombra —, Violet começa o interrogatório.

Você estava chorando por quê?

Quer balançar a cabeça, mas não pode se mover; tem muita gente mexendo nela.

— Nada — diz nervosa, e Whitney para na sua frente e fica pensando com o batom na mão.

— Foi por causa do seu pai?

— Não.

— Deve ser difícil — diz Hillary — ver que ele está se casando de novo.

— Deve — concorda Violet, que está agachada. — Mas você não estava chorando por causa de questões familiares.

Whitney passa as mãos no cabelo de Hadley.

— Por que foi então?

— Foi por causa de um garoto — diz Violet com um sorriso.

Jocelyn está tentando tirar a mancha do vestido de Hadley com uma combinação mística de água e vinho branco.

— Adoro — diz ela. — Conte mais.

Hadley sente que está ficando com as bochechas vermelhas.

— Não, não é isso — diz —, eu juro.

Elas trocam olhares e Hillary ri.

— Quem é o sortudo?

— Ninguém — diz. — Juro.

— Não acredito em você nem um pouco — comenta Violet e se abaixa, colocando o rosto ao lado do de Hadley. — Mas vou dizer uma coisa: assim que acabarmos aqui, se o garoto te vir a um quilômetro de distância, não vai conseguir resistir.

— Não se preocupe — diz ela, respirando fundo. — Ele não vai aparecer.

Levam apenas dez minutos para fazer o segundo milagre do dia. Quando finalmente terminam, Hadley se sente uma pessoa completamente diferente da que saiu do enterro uma hora antes. O restante das madrinhas fica no banheiro arrumando suas respectivas roupas e a maquiagem. Quando volta ao quarto, surpreendentemente encontra apenas o pai e Charlotte. As outras pessoas foram para seus quartos para se arrumarem.

— Nossa — diz Charlotte girando o dedo. Hadley dá uma volta, obedecendo o gesto, e o pai bate palmas.

— Você está linda — afirma ele.

Hadley sorri para Charlotte, que está com seu vestido de noiva e o anel que reflete todas as luzes.

— *Você* está linda — diz, porque é verdade.

— Sim, mas *eu* não estou viajando desde ontem — responde Charlotte. — Você deve estar completamente exausta.

Hadley se lembra de Oliver por causa do sotaque dela e sente uma dor no coração. Durante meses, o sotaque de Charlotte dava dor de cabeça, mas, de repente, até que não é tão ruim. Talvez até se acostume com ele.

— Eu *estou* exausta — diz com um sorriso fraco —, mas a viagem valeu a pena.

O rosto de Charlotte se acende.

— Que bom ouvir isso. Tomara que seja a primeira de várias. Andrew estava me falando que talvez você venha nos visitar.

— Ah — diz Hadley —, não sei...

— Você *tem* que vir — diz Charlotte atravessando a sala e pegando o computador como se fosse uma bandeja de petiscos. Tira os guardanapos e copos da bancada do bar para abrir espaço. — Nós adoraríamos receber você. E acabamos de reformar a casa. Eu estava mostrando as fotos agora há pouco.

— Amor, não, é melhor mostrar depois... — interrompe o pai, mas Charlotte o interrompe.

— Ah, é rapidinho — diz, sorrindo para Hadley. Elas ficam lado a lado perto da bancada e esperam que as imagens apareçam. — Esta é a cozinha — começa Charlotte quando a primeira foto aparece. — Tem vista para o jardim.

Hadley se inclina para ver se tem algum traço da outra vida do pai ali, a caneca ou o casaco ou os chinelos que ele se recusava a jogar fora. Charlotte passa as fotos e ela tenta acompanhar tudo, imaginando o pai e sua esposa naqueles cômodos, comendo bacon e ovos na mesa de madeira ou deixando o guarda-chuva encostado na parede perto da porta.

— E este é o quarto de hóspedes — diz Charlotte, olhando para o marido, que está encostado na parede atrás delas, com braços cruzados e expressão indecifrável. — É o seu quarto, quando vier nos visitar.

A foto seguinte é a do escritório do pai. Hadley aperta os olhos para ver melhor. Apesar de ter deixado toda a mobília em Connecticut, a nova versão é bem parecida: a mesa, as prateleiras e até o porta-lápis são semelhantes. A arrumação é idêntica, apesar de o novo escritório ser menor e as janelas estarem dispostas de outra maneira.

Charlotte fala alguma coisa sobre como o marido é meticuloso em relação ao escritório, mas Hadley não está mais ouvindo. Está concentrada, olhando para as fotos nas paredes do escritório.

— Peraí — diz, antes que Charlotte clique e passe para a próxima foto.

— Reconhece? — pergunta o pai do outro lado da sala, mas Hadley nem se vira.

Sim, ela reconhece as fotos. Bem ali, nas fotos dentro da foto, vê imagens do jardim deles em Connecticut. Numa das imagens, vê uma parte do balanço que eles não quiseram tirar do jardim, vê também o bebedouro de passarinhos que ainda está lá em frente à janela do escritório que era dele, e os arbustos que ele molhava obsessivamente durante os verões mais secos. Em outra foto, há os arbustos de lavanda e a velha macieira de troncos retorcidos. Quando ele se senta na cadeira de couro do novo escritório e olha para as fotos, deve sentir-se em casa de novo, mesmo que esteja de frente para janelas diferentes.

O pai para ao seu lado.

— Quando você tirou essas fotos?

— Quando vim para Oxford.

— Por quê?

— Porque... — responde baixinho. — Porque sempre gostei de ver você brincando pela janela. E não dá para trabalhar num escritório que não tenha essa vista.

— Mas as fotos não são a mesma coisa que as janelas.

O pai sorri.

— Você não é a única pessoa que lida com a realidade através da imaginação — diz ele, e Hadley ri. — Às vezes, gosto de imaginar que estou de volta ao nosso lar.

Charlotte, que observa os dois com satisfação, volta a mexer no computador e dá um zoom nas fotos.

— Vocês têm um jardim lindo — diz, apontando para o arbusto de lavanda na tela.

Move a imagem alguns centímetros para o lado até achar a janela de verdade, que dá acesso à vista de um pequeno jardim com fileiras de flores.

— Vocês também — diz Hadley, e Charlotte sorri.

— Espero que você veja o nosso jardim ao vivo um dia.

Ela olha novamente para o marido, que aperta o ombro da filha com carinho.

— Espero que sim — responde.

16

13h48 Hora da Costa Leste
18h48 Hora de Greenwich

Mais tarde, no final do coquetel, as portas do salão de festa se abrem e Hadley fica estática, surpresa. A decoração é prateada e branca com flores de lavanda arrumadas em vasos enormes nas mesas. As costas das cadeiras têm laços e o bolo de quatro andares tem um noivo e uma noiva pequenos no topo. Os cristais e candelabros parecem refletir a luz dos talheres de prata, dos pratos reluzentes, das pequenas velas e dos instrumentos da banda, que vai tocar até mais tarde, até o momento da valsa. E até mesmo a fotógrafa, que acabou de passar por ela, abaixa a câmera para admirar o salão.

Há um quarteto de cordas tocando suavemente no canto do salão, e os garçons, todos com gravatas-borboleta, parecem deslizar pelo chão com bandejas de champanhe. Monty pisca para Hadley quando a vê pegando uma taça.

— Não exagere — diz, e ela ri.

— Não se preocupe, meu pai vai falar a mesma coisa em breve.

O pai e Charlotte ainda estão no quarto esperando pelo momento da entrada triunfal. Hadley passou toda a hora do coquetel respondendo perguntas e conversando. Todo mundo têm uma história relacionada aos Estados Unidos, todos querem ver o Empire State (ela vai muito lá?), ou planejam ir ao Grand Canyon (o que ela recomenda que façam quando estiverem lá?), ou têm um primo que acabou de se mudar para Portland (será que ela o conhece?).

Quando perguntam sobre sua viagem à Londres, mostram-se decepcionados por ela não ter ido ao Palácio de Buckingham ou ao Tate Modern ou feito compras na Oxford Street. Agora que está ali, é difícil explicar por que escolheu ficar apenas um fim de semana. Ontem — nesta manhã, na verdade — foi extremamente importante que chegasse e fosse embora o mais rápido possível, como se estivesse roubando um banco, como se fosse uma questão de vida ou morte.

Um homem mais velho, que é o chefe do departamento no qual o pai trabalha em Oxford, pergunta sobre o voo.

— Eu perdi o primeiro, na verdade — diz. — Por causa de quatro minutos. Mas peguei o seguinte.

— Que falta de sorte — comenta ele, passando uma das mãos sobre a barba branca. — Deve ter sido um sofrimento.

Ela sorri.

— Não foi tão ruim.

Quando está quase na hora do jantar, ela analisa os nomes nas mesas para saber onde deve se sentar.

— Não se preocupe — diz Violet a seu lado. — Você não está na mesa das criancinhas.

— Que alívio — responde Hadley. — Onde vou ficar então?

Violet procura pela mesa e mostra seu cartão para Hadley.

— Na mesa das crianças maneiras — diz, sorrindo. — Comigo. E com os noivos, é claro.

— Que sorte a minha.

— Está se sentindo melhor agora?

Hadley ergue as sobrancelhas.

— Andrew e Charlotte, o casamento...

— Ah — diz ela. — Estou sim.

— Que bom — responde Violet —, porque quero que você volte para o meu casamento com Monty.

— Monty? — pergunta Hadley, olhando para ela. Tenta se lembrar se já havia visto os dois conversando em algum momento até então. — Vocês estão noivos?

— Ainda não — diz Violet, indo para o salão de jantar —, mas não fique tão surpresa. Acho que um dia vai acontecer.

Hadley caminha com ela.

— É isso? Você acha que vai dar certo?

— É isso — responde ela. — Acho que fomos feitos um para o outro.

— Não é assim que funciona — diz com o rosto franzido, mas Violet sorri.

— E se der certo?

No salão, os convidados começam a se sentar e a colocar suas bolsas embaixo da mesa e abrir os guardanapos sobre o colo. As duas madrinhas se sentam e Hadley repara que Violet está sorrindo para Monty, e ele olha para ela por algum tempo, antes de abaixar a cabeça de novo. A banda está afinando os instrumentos, ouvem-se algumas notas do trompete, e os garçons circulam com garrafas de vinho. Quando a movimentação começa a diminuir, o vocalista ajusta o microfone e limpa a garganta.

— Senhoras e senhores — diz ele. As pessoas sentadas na mesa, os pais de Charlotte e sua tia Marilyn, e mais Monty e Violet, já estão olhando para a entrada. — É com grande prazer que apresento o Sr. e a Sra. Sullivan!

Todos comemoram e há uma série de flashes de câmeras ao mesmo tempo, todo mundo clicando para tentar capturar o mesmo instante. Hadley se vira na cadeira e coloca o queixo sobre o encosto no momento em que seu pai e Charlotte aparecem à porta de mãos dadas, ambos sorrindo como estrelas de cinema, como a realeza, como o casal no topo do bolo.

Sr. e Sra. Sullivan, pensa Hadley, com olhos brilhando ao ver o pai levantar um dos braços para que Charlotte dê um giro. O vestido se agita. A música não lhe é familiar, mas é alegre o suficiente para que os dois deem alguns passos de dança no meio do salão, nada muito rebuscado. Ela se pergunta qual o significado daquela música para eles. Era a que estava tocando quando se conheceram? Quando se beijaram pela primeira vez? No dia em que seu pai falou para Charlotte que ia ficar na Inglaterra para sempre?

Todos parecem hipnotizados pelo casal no salão — pela maneira como se abraçam, como riem toda vez que se afastam —, e mesmo assim a impressão que dá é que não estão vendo ninguém ao redor. É como se ninguém estivesse assistindo a dança; eles se olham da maneira mais natural. Charlotte sorri com o rosto sobre o ombro do marido, abraça-o com força, ele ajeita sua mão na dela e entrelaça os dedos. Eles simplesmente se encaixam e são dois corpos praticamente incandescentes sob a luz dourada, girando e dançando aos olhos de todos.

Quando a música termina, todos batem palmas e o cantor chama o resto dos convidados para ir dançar com eles. Os pais de Charlotte se levantam, a tia é levada por um homem que estava na outra mesa, e, para a surpresa de Hadley, Monty oferece a mão para Violet, que sorri para ela antes de ir dançar.

Um por um, chegam ao centro do salão até que os noivos ficam perdidos no meio de tantos vestidos. Ela fica sozinha à mesa, aliviada por não ter que ir dançar, mas é impossível ignorar o sentimento de solidão neste momento. Ela mexe no guardanapo quando o garçom coloca a comida em seu prato. Quando olha para a frente de novo, seu pai está a seu lado com a mão estendida.

— Cadê sua esposa? — pergunta.

— Estamos dando um tempo.

— Já?

Ele sorri e pega a mão de Hadley.

— Está pronta para dançar com um pé de valsa?

— Não sei, não — responde.

Ele a leva até o meio do salão, onde Charlotte — que está dançando com o pai — abre um sorriso para eles. Perto dali, Monty dança meio sem jeito com Violet, que está gargalhando.

— Filha querida — diz o pai, estendendo-lhe a mão de novo. Ela aceita.

Ele gira com ela de brincadeira e depois dança mais devagar. Eles se movem de um jeito muito estranho, completamente fora do ritmo.

— Foi mal — diz ele quando pisa no pé de Hadley pela segunda vez. — Nunca fui bom de dança.

— Você dançou muito bem com a Charlotte.
— Mérito dela — diz sorrindo. — Eu pareço ser melhor do que sou quando estou com ela.

Ficam em silêncio por um tempo. Hadley olha em volta.
— A festa está linda — diz ela. — Está tudo lindo.
— "A alegria e a satisfação são poderosos embelezadores."
— Dickens?

Ele faz que sim com a cabeça.
— Sabia que eu finalmente comecei a ler *Nosso amigo comum*?

Ele fica contente.
— E?
— É legal.
— Vai ler até o fim? — pergunta, e Hadley pensa no livro onde o havia deixado, no capô de um carro preto na frente da igreja de Oliver.
— Talvez — responde.
— A Charlotte ficou muito animada quando você disse que talvez venha nos visitar — diz o pai baixinho com a cabeça inclinada. — Espero que realmente pense sobre isso. Seria bom se você viesse no final do verão, antes do começo das aulas. Temos um quarto sobrando que pode ficar para você. Talvez pudesse trazer algumas coisas suas e deixá-las conosco, aí o quarto ficaria parecendo seu mesmo...
— E o bebê?

O pai abaixa os braços, dá um passo para trás e fica olhando para a filha com tanto espanto que Hadley já não tem mais certeza do que ouviu na igreja. A música termina, mas antes mesmo do final dos últimos acordes a banda já emenda outra canção, mais alta e bem ritmada. As mesas vão ficando vazias, todos seguem para a pista, deixando os garçons servindo saladas para as cadeiras vazias. Todos os convidados dançam, rodando, rindo e pulando sem nem se preocuparem com o ritmo. E no meio disso tudo, Hadley e seu pai ficam absolutamente estáticos.

— Que bebê? — pergunta ele com palavras lentas e comedidas, como se estivesse falando com uma criança.

Ela olha em volta. Charlotte está em pé ao lado de Monty olhando para eles, parecendo não entender porque estão parados.

— Ouvi uma coisa na igreja — explica Hadley. — Charlotte falou alguma coisa, e eu achei que...

— Para você?

— O quê?

— Ela falou alguma coisa para você?

— Não, para a cabeleireira. Ou para a maquiadora. Para alguém. Eu só ouvi.

O rosto dele fica relaxado, a boca não está mais tensa.

— Pai, olhe — diz ela —, tudo bem, eu não ligo.

— Hadley...

— Não, tudo bem mesmo. Tipo, eu não achei que você fosse ligar e me contar mesmo. Sei que não nos falamos tanto assim, mas queria dizer que eu quero estar por perto.

Ele ia falar alguma coisa, mas para e fica olhando para ela.

— Não quero mais deixar de participar das coisas — diz Hadley rapidamente. — Não quero que o bebê cresça achando que sou uma prima distante ou coisa do tipo. Não quero ser uma pessoa que ninguém nunca vê, e que, em vez de ser uma companhia para fazer compras ou dar conselhos, ou até brigar, acaba virando alguém com quem você é educado, mas não tem assunto porque não conhece de verdade, que nem irmãos mesmo. Então eu quero participar disso.

— Quer mesmo — diz o pai, mas não é uma pergunta. É uma afirmação cheia de esperanças, como um desejo escondido há anos.

— Quero.

A música muda de novo, fica mais lenta, e as pessoas começam a voltar para as mesas onde a salada já foi servida. Charlotte aperta o braço do marido ao passar por ele, e Hadley fica grata por ela não os interromper.

— E a Charlotte não é tão ruim assim — admite, quando a noiva está longe.

O pai fica surpreso.

— Que bom que você acha isso.

Ficam sozinhos na pista de dança, em pé lá no meio enquanto todo mundo olha. Ela escuta o bater dos talheres, todos estão comendo, mas ainda assim tem certeza de que estão olhando.

Depois de algum tempo, o pai levanta os ombros.

— Eu não sei o que dizer.

Hadley pensa em outra coisa, algo que não havia passado pela sua cabeça antes. Ela fala devagar, com o coração batendo forte no peito.

— Você não quer que eu seja parte da sua vida.

O pai balança a cabeça e se aproxima dela, coloca as mãos sobre os ombros da filha e a faz olhar para ele.

— É claro que quero — diz ele. — Não há nada que eu queira mais que isso. Mas, filha...

Ela olha para o pai.

— Não tem bebê nenhum.

— Não?

— Vai ter — diz ele com certa timidez —, algum dia. Ou pelo menos é o que queremos. Charlotte está um pouco preocupada porque já aconteceram alguns problemas em sua família, e ela não é mais tão nova quanto... bem, quanto sua mãe era. Mas ela quer muito ter um filho e, na verdade, eu também quero. Então estamos torcendo para que tudo dê certo.

— Mas a Charlotte disse...

— Ela é assim — explica o pai. — Ela é dessas pessoas que fala muito sobre as coisas que quer que aconteça. É como se quisesse fazer com que se tornasse verdade.

Hadley acha aquilo meio estranho e franze o rosto.

— E tem dado certo?

O pai sorri e aponta para o salão.

— Bem, ela falava muito sobre mim, e cá estamos.

— Então você devia ser importante mesmo.

— Verdade — diz, acanhado. — Mas, de qualquer maneira, quando *houver* um bebê, você vai ser a primeira a saber, prometo.

— Mesmo?

— É *claro*. Hadley, por favor.

— Eu achei que só porque você tem esse bando de amigos novos aqui...

— Por favor, filhota — repetiu ele com um sorriso no rosto. — Você ainda é a coisa mais importante da minha vida. E além disso, quem eu vou chamar para cuidar do bebê e trocar as coisas?

— As fraldas — diz Hadley virando os olhos para cima. — O nome das coisas é fraldas, pai.

Ele ri.

— Pode chamar do que quiser, contanto que você esteja por perto quando tiverem que ser trocadas.

— Tá bem — diz ela, emocionada. — Estarei.

Ela não sabe mais o que dizer depois disso; quer abraçá-lo, jogar-se em seus braços como fazia quando era pequena, porém isso parece estar fora do alcance neste instante; ela está chocada pela pureza do momento, pelo tanto que conseguiu evoluir num só dia depois de tanto tempo parada no mesmo lugar.

O pai percebe tudo isso e a segura pelos ombros, virando-a em direção à mesa. Ao lado do pai, protegida pelo seu braço da mesma maneira que já esteve tantas vezes — indo para o carro depois dos jogos de futebol ou saindo da noite de comemoração entre pais e filhas no clube das escoteiras —, Hadley percebe que, apesar de tudo estar diferente, apesar de estarem separados por um oceano, nada de *extremamente* importante mudou.

Ele ainda é seu pai. O resto é mera questão geográfica.

17

18h10 Hora da Costa Leste
23h10 Hora de Greenwich

Da mesma maneira que a claustrofobia de Hadley de vez em quando faz com que os lugares mais vastos fiquem minúsculos, alguma coisa naquela festa — a música ou a dança, ou talvez o champanhe — faz com que as horas não sejam apenas um punhado de minutos. É como uma daquelas montagens no cinema em que tudo está acelerado; as cenas são meros flashes, as conversas são apenas instantes.

Durante o jantar, Monty e Violet fazem seus discursos — o dele cheio de risos, o dela cheio de lágrimas —, e Hadley observa Charlotte e o pai enquanto escutam as homenagens com olhos brilhando. Mais tarde, depois de cortar o bolo e depois de Charlotte conseguir fugir das tentativas do marido de sujá-la de bolo, como ela conseguiu fazer com ele, a música volta a tocar. Quando o café é servido, estão todos exaustos à mesa, com as bochechas vermelhas e os pés doendo. O noivo se senta entre ela e Charlotte, que — entre goles de champanhe e pedaços de bolo — olha para ele.

— Tem alguma coisa no meu rosto? — pergunta ele.

— Não, só estou querendo saber se está tudo bem com vocês dois — admite ela — depois da discussão no meio do salão.

— Parecia uma discussão? — diz o noivo com um sorriso. — Era para ser uma valsa. Errei os passos?

Hadley vira os olhos para cima.

— Ele pisou no meu pé pelo menos umas 12 vezes — diz ela para Charlotte —, mas fora isso está tudo bem.

O pai abre a boca de brincadeira.

— Não foram mais que *duas* vezes.

— Desculpa, amor — diz Charlotte —, mas vou ter que concordar com Hadley. Meus dedinhos esmigalhados são testemunhas.

— Estamos casados há apenas algumas horas e você já está discordando de mim?

Charlotte ri.

— Prometo que vou discordar de você até que a morte nos separe, querido.

Do outro lado da mesa, Violet bate na taça com uma colher, e, em meio ao som de vários copos e talheres, os noivos se beijam novamente e só param quando percebem que tem um garçom atrás deles esperando para pegar os pratos.

Quando seu prato é retirado, Hadley afasta a cadeira e se inclina para pegar a bolsa.

— Acho que vou dar uma volta para tomar um ar — anuncia.

— Está se sentindo bem? — pergunta Charlotte, e Monty pisca de novo olhando para a taça de champanhe como se quisesse dizer que tinha avisado sobre a bebida.

— Estou bem — responde rapidamente. — Volto daqui a pouco.

O pai encosta na cadeira e sorri.

— Diga para sua mãe que mandei um oi.

— O quê?

Ele aponta para a bolsa dela.

— Diga que mandei oi.

Hadley sorri com vergonha, surpresa por ele ter adivinhado com tanta facilidade.

— Sim, eu ainda tenho o sexto sentido de um pai — diz ele.

— Você não é tão esperto quanto pensa — responde e se vira para Charlotte. — Você vai se sair melhor. Acredite em mim.

O pai abraça Charlotte e sorri para a filha.

— Sim — concorda e beija o rosto da nova esposa —, com certeza, vai.

Hadley se afasta e ouve o pai começando a entreter o restante da mesa com histórias de sua infância, de todas as vezes que foi salvá-la, de todas as vezes em que já sabia o que estava acontecendo. Ela se vira mais uma vez e ele para de falar quando seus olhares se encontram. Suas mãos estão no ar como se demonstrasse o tamanho de um peixe ou de um campo, ou algum detalhe de uma fábula do passado. Ele pisca para a filha.

Ao sair do salão, faz uma pausa e encosta na parede. Sente-se como se tivesse saído de um sonho ao ver os outros hóspedes usando jeans e tênis. Não consegue ouvir direito por causa da música que ficou nos ouvidos, o cenário é muito claro e um tanto irreal. Ela passa pelas portas giratórias e respira fundo quando chega lá fora. Dá boas-vindas ao ar gelado e à brisa insistente que traz o cheiro do mar.

Há degraus de pedra que aumentam o tamanho do hotel, que já é ridiculamente enorme, como a entrada de um museu. Hadley sai pelo lado e acha um lugar para se sentar. Assim que o faz, percebe que a cabeça está doendo e os pés latejando. Seu corpo todo parece pesado, e ela nem consegue se lembrar da última vez em que dormiu. Dá uma olhada no relógio e tenta calcular que horas são em casa e há quanto tempo está acordada, mas os números ficam confusos e não cooperam.

Tem outra mensagem da mãe no celular, o coração de Hadley pula. Sente como se estivessem separadas há muito mais tempo. Mesmo sem ter certeza de que horas são em casa, liga e fecha os olhos enquanto a chamada é feita.

— *Finalmente* — diz a mãe ao atender. — Achei que estivesse brincando de pique-esconde.

— Mãe — murmura ela, apoiando a testa sobre a mão. — Fala *sério*.

— Estava quase morrendo, querendo falar com você — diz a mãe. — Como você está? Que horas são aí? Como estão as coisas?

Hadley respira fundo e dá uma fungada.

— Mãe, desculpa pelo que falei no carro. Antes de ir embora.

— Tudo bem — responde, depois de alguns instantes de silêncio. — Eu sei que não foi por mal.

— Não foi mesmo.

— E filha, eu estive pensando...

— Em quê?

— Eu acho que não devia ter te obrigado a ir. Você já tem idade suficiente para tomar essas decisões sozinha. Foi um erro meu ter insistido.

— Não, valeu a pena. Estou até... bem.

A mãe solta a respiração.

— Está mesmo? Eu seria capaz de apostar que você estava me ligando para exigir que voltasse mais cedo.

— Também achei que fosse fazer isso — diz —, mas não está sendo tão ruim.

— Pode contar tudo.

— Vou contar — diz ela, bocejando —, mas estou muito cansada, o dia foi longo.

— Deve ter sido mesmo. Então responda só uma pergunta: e o vestido?

— O meu ou o da Charlotte?

— Nossa — diz a mãe rindo —, então ela passou de *a britânica* para apenas *Charlotte*?

Hadley sorri.

— Passou. Ela é até legal. E o vestido é lindo.

— Você e seu pai têm se dado bem?

— Foi meio estranho no começo, mas estamos bem. Talvez, até felizes.

— Por quê, o que houve no começo?

— É uma longa história. Eu meio que fugi um pouco.

— Foi embora?

— Tive que ir.

— Seu pai deve ter amado isso. Você foi aonde?

Hadley fecha os olhos e pensa nas coisas que o pai falou sobre Charlotte antes, que ela fala sobre o que quer que se tornem realidade.

— Eu conheci um cara no avião.

A mãe ri.

— Agora sim a conversa está ficando boa.

— Fui tentar encontrá-lo, mas foi meio ruim, e nunca mais vou vê-lo.

Ficam em silêncio, até que a mãe volta a falar com uma voz mais doce.

— Nunca se sabe — diz ela. — Olha Harrison e eu por exemplo. O trabalho que eu dou para ele. Mas não importa quantas vezes eu o tenha afastado, ele sempre volta. E eu não gostaria que fosse de outra maneira.

— Mas a minha situação é um pouco diferente.

— Bem, mal posso esperar para saber os detalhes quando você voltar.

— Amanhã.

— Isso — diz a mãe. — Eu e Harrison vamos esperar por você na esteira das malas.

— Como se eu fosse uma meia perdida.

— Ah, filha — brinca a mãe —, você está mais para uma mala inteira. E não está perdida.

A voz de Hadley está fraca.

— E se estiver?

— Aí é só uma questão de tempo até se encontrar de novo.

O telefone dá dois bipes e Hadley o afasta da orelha para ver o que é.

— Minha bateria está quase no fim — diz.

— A sua ou a do aparelho?

— As duas. Você vai fazer o que hoje à noite sem a minha companhia?

— Harrison quer me levar a uma droga de jogo de beisebol. Tem falado sobre isso a semana inteira.

Ela se senta com as costas retas.

— Mãe, ele vai pedir você em casamento de novo.

— Jura? Não.

— Vai, sim. Aposto que vai colocar o pedido no telão ou alguma coisa assim.

A mãe resmunga.

— Mentira. Ele nunca faria isso.

— Faria sim — diz Hadley, rindo. — É exatamente o tipo de coisa que ele faria.

As duas riem e não conseguem mais completar uma frase sem gargalhar. Hadley para de falar e ri até chorar. É maravilhoso fazer isso; depois de um dia desses, qualquer desculpa para rir é bem-vinda.

— Tem coisa mais brega que isso? — diz a mãe, respirando fundo.

— Com certeza não — responde e para de rir. — Sabe de uma coisa?

— O quê?

— Eu acho que você devia aceitar.

— *O quê?* — diz a mãe com a voz mais aguda que o normal. — O que houve, você saiu daqui para ir a um casamento e virou Cupido?

— Ele ama você — fala a filha com simplicidade —, e você o ama.

— É um pouquinho mais complicado que isso.

— Não é não. É só você dizer sim.

— E ser feliz para sempre?
Hadley sorri.
— Tipo isso.
O telefone dá um bipe de novo, desta vez mais alto.
— Nosso tempo está acabando — diz ela, e a mãe ri de novo, só que agora o riso tem um quê de preocupação.
— Isso é uma indireta?
— Se servir para fazer com que você tome a decisão certa...
— Desde quando você ficou tão adulta?
Ela encolhe os ombros.
— Você e o papai devem ter feito um bom trabalho.
— Amo você — diz a mãe.
— Também amo você — responde, e aí, como se tivesse sido planejado, a ligação acaba.

Ela fica sentada por alguns minutos e, finalmente, desiste de ligar o telefone e olha para as casas do outro lado da rua.

Uma luz acende numa das janelas do segundo andar e ela vê a silhueta de um homem colocando o filho para dormir, cobrindo-o e depois se inclinando para dar um beijo de boa-noite. Antes de sair do quarto, o homem apaga a luz e o cômodo fica escuro de novo. Hadley pensa nas histórias de Oliver e se pergunta se aquele menino também precisa de uma luz noturna, ou se o beijo de boa-noite do pai é o suficiente para que ele durma um sono sem pesadelos, sem monstros e sem fantasmas.

Ela continua olhando para a janela escura e para a casinha entre tantas outras, para os postes de luz e as caixas de correio empoeiradas, para a rua em forma de ferradura, que leva ao hotel... e eis que seu próprio fantasma aparece.

Fica tão surpresa em vê-lo quanto ele ficou em vê-la na igreja mais cedo, e sua chegada repentina e inesperada a deixa fora de si, faz seu estômago revirar, acaba com o resto de compostura que ainda tem, destrói seu autocontrole. Ele chega devagar, quase perdido no meio das sombras por causa do terno escuro até que a luz do hotel o envolve por completo.

— Oi — diz Oliver, quando está mais perto, e, pela segunda vez, naquela noite, ela começa a chorar.

18

18h24 Hora da Costa Leste
23h24 Hora de Greenwich

Um homem caminha com seu chapéu em mãos. Uma mulher caminha usando um par de botas exageradamente altas. Um menino caminha, segurando um videogame. A mãe com um bebê chorando. Um homem com bigode de vassoura. Um casal de velhinhos com casacos que combinam. Um garoto com camisa azul sem migalhas da rosquinha que comeu.

A história podia ter sido tão diferente.

Imagine se ele fosse outra pessoa, pensa, coração disparado só de pensar nisso.

Mas foi assim:

Um garoto caminha, segurando um livro.

Um garoto caminha com uma gravata torta.

Um garoto caminha e se senta a seu lado.

Tem uma estrela inquieta no céu. Hadley percebe que é um avião e que, na noite anterior, eles foram aquela luz.

Os dois ficam em silêncio. Oliver se senta bem perto dela e olha para a frente, enquanto espera que o choro termine. Sente-se grata por isso, porque a atitude dele transmite compreensão.

— Acho que você esqueceu uma coisa — diz ele, depois de certo tempo, e mostra o livro que está sobre suas pernas. Ela não responde, apenas limpa os olhos e funga. Ele finalmente se vira para ela. — Você está bem?

— Eu nem acredito que já tenha chorado tanto num dia só.

— Nem eu — diz ele, e ela se sente péssima porque é claro que ele tem mais direito de chorar que ela.

— Eu sinto muito — comenta ela com calma.

— Bem, não podemos dizer que ninguém nos avisou — continua ele com um pequeno sorriso. — Todo mundo sempre diz que é bom levar um lenço para casamentos e funerais.

Apesar de tudo, ela ri.

— Acho que ninguém nunca me sugeriu um lenço na vida — diz. —Talvez de papel.

Ficam em silêncio de novo, mas não da mesma maneira conturbada de antes, na igreja. Alguns carros sobem a entrada do hotel, com os pneus fazendo barulho e as luzes em cima deles, forçando-os a fechar os olhos.

— Você está bem? — pergunta, e ele faz que sim com a cabeça.

— Vou ficar.

— Deu tudo certo?

— Acho que sim — fala ele —, considerando que era um enterro.

— Claro — diz, fechando os olhos. — Desculpa.

Ele se vira para ela, de leve, e seu joelho toca o dela.

— Eu tenho que pedir desculpas também. Aquilo tudo que eu falei sobre o meu pai...

— Você estava chateado.

— Eu estava com raiva.

— Você estava triste.

— Eu estava triste — concorda. — Ainda estou.

— Ele era seu pai.

Oliver concorda de novo.

— Por um lado, eu queria ser como você. Queria ter tido coragem de falar com ele antes que fosse tarde demais. Talvez as coisas tivessem sido diferentes se eu tivesse falado. Todos esses anos de silêncio... — Ele para de falar e balança a cabeça. — É que é um desperdício tão grande.

— Não foi culpa sua — diz Hadley, olhando para ele. Ela se lembra de que nem sabe como o pai de Oliver morreu, apesar de imaginar que tenha sido repentinamente. — Vocês deviam ter tido mais tempo juntos.

Oliver afrouxa a gravata.

— Não sei se isso faria muita diferença.

— Faria — insiste ela, com a garganta apertada. — Não é justo.

Ele olha para o outro lado e aperta os olhos.

— É que nem a história da luz noturna — diz ela. Mesmo que ele tenha começado a balançar a cabeça, ela continua. — Talvez o importante não seja que ele não tenha ajudado no começo. Talvez o importante seja que, no final das contas, ele percebeu o que tinha que fazer. — Ela fala com a voz branda. — Talvez vocês dois só precisassem de mais tempo para se dar conta das coisas.

— Ela ainda está lá, sabia? — diz Oliver, depois de certo tempo. — A luz noturna. Eles transformaram o meu quarto num quarto de hóspedes depois que fui embora e a maioria das minhas coisas está no sótão. Mas notei que a luz ainda está lá quando fui deixar a mala em casa. Aposto que não funciona mais.

— E eu aposto que funciona — diz ela, e Oliver sorri.

— Obrigado.

— Pelo quê?

— Por isso — responde ele. — O restante da minha família está em casa, mas eu não conseguia mais respirar. Eu precisava de um pouco de ar puro.

Hadley concorda.

— Eu também.

— Eu precisava... — Ele para de falar de novo e olha para ela. — Não tem problema eu estar aqui?

— Claro que não — diz ela rápido demais —, principalmente depois de eu...

— Depois do quê?

— De eu ter chegado sem avisar no funeral hoje — diz ela ainda afetada pelas memórias. — Não que você não tivesse companhia.

Ele franze a testa, olhando para os sapatos até que a indireta dela faz sentido.

— Ah — diz ele. — Aquela é minha ex-namorada. Ela conhecia meu pai e estava preocupada comigo. Mas estava lá como amiga da família. De verdade.

Ela sente uma onda de alívio. Não tinha percebido o quanto queria que fossem apenas amigos, antes de ouvir que realmente eram.

— Que bom que ela estava lá — diz com sinceridade. — Que bom que tinha alguém cuidando de você.

— Sim, mas não foi *ela* quem me deixou com alguma coisa boa para ler — diz ele tocando o livro.

— Sim, mas ela provavelmente não teve que forçar você a conversar.

— E ela também não fica zoando o meu sotaque.

— Nem aparece sem ser convidada.

— Isso é uma coisa que nós dois fazemos — comenta ele, olhando para a entrada do hotel onde um recepcionista os observa com atenção. — Por que você não está lá dentro?

Hadley encolhe os ombros.

— Claustrofobia?

— Na verdade, não — diz. — Não tenho tido mais ataques.

— Fica imaginando o céu?

Ela dá uma olhada para ele.

— Pensei no céu o dia todo hoje.

— Eu também — diz Oliver, olhando para cima.

Mesmo sem perceber, eles acabaram se aproximando cada vez mais. Não estão encostados um no outro, mas não existe espaço entre eles. Há um cheiro de chuva no ar, e o homem que está fumando ao lado deles apaga o cigarro e volta para dentro. O recepcionista olha para o céu, delimitado pela aba do seu chapéu, e a brisa agita o toldo, como se estivesse querendo voar.

Um mosquito pousa no joelho de Hadley, mas ela não o tira dali. Em vez disso, os dois ficam olhando o inseto se movendo antes de sair voando de novo, tão rápido que quase não o veem.

— Será que ele conseguiu ver a Torre de Londres? — pergunta Oliver.

Hadley olha para ele sem entender.

— Nosso amigo do voo — diz ele com um sorriso. — O intruso.

— Ah, sim. Com certeza, conseguiu. Deve estar indo para alguma festa agora.

— Depois de um dia cheio em Londres.

— Depois de um dia *longo* em Londres.

— O dia mais longo — concorda Oliver. — Não sei você, mas a última vez que dormi foi durante aquele filme idiota dos patos.

Hadley ri.

— Não é verdade. Você dormiu depois. Com a cabeça no meu ombro.

— Claro que não — diz. — Isso jamais aconteceu.

— Pode ter certeza que aconteceu — afirma ela, batendo no joelho dele com o dela. — Eu me lembro de tudo.

Ele abre um sorriso.

— Então você também deve se lembrar de que brigou com aquela mulher na área de embarque.

Hadley olha para ele com ar de indignação.

— Eu *não* briguei — diz. — Pedir que alguém tome conta de sua mala é uma coisa normal.

— Ou um crime em potencial, depende de como você vê — argumenta ele. — Você tem sorte de eu ter aparecido.

— Tenho — diz ela, rindo. — Meu cavalheiro de armadura brilhante.

— Ao seu dispor.

— Dá para acreditar que aquilo tudo aconteceu ontem?

Outro avião passa pelo céu. Hadley se encosta em Oliver enquanto eles olham para o ponto de luz na noite escura. Depois de algum tempo, ele a afasta com delicadeza para se levantar e estica a mão.

— Vamos dançar.

— Aqui?

— Acho que seria melhor lá dentro, né? — Ele olha em volta, dos degraus acarpetados para o recepcionista inquieto e para os carros lá fora, e concorda. — Mas por que não?

Ela se levanta e arruma o vestido. Oliver coloca as mãos na posição correta, como se fosse um dançarino profissional — uma nas costas dela, outra no ar. Sua postura é perfeita, o rosto sério, e ela se encaixa no abraço que a espera com um sorriso tímido.

— Eu não faço ideia de como dançar assim.

— Eu mostro — diz ele, mas não se mexe.

Eles ficam assim em pé, a postos, como se estivessem esperando que a música comece. Não conseguem parar de sorrir. A mão nas costas dela tem eletricidade, e estar ali daquele jeito, tão perto dele, é o suficiente para deixá-la tonta. É como se estivesse caindo, como se tivesse esquecido a letra de uma música.

— Eu nem acredito que você está aqui — diz com voz baixa. — Não acredito que me encontrou.

— Você me encontrou primeiro — responde.

Ele se abaixa para beijá-la. É um beijo lento e doce, e ela sabe que este vai ser o que vai ficar em sua memória, porque, enquanto os dois outros pareciam pontuar um fim, este certamente marca um início.

A chuva começa a cair sobre eles, uma garoa que desce de lado e de leve. Quando olha para ele de novo, Hadley vê uma gota cair na testa de Oliver e correr pelo nariz. Sem nem pensar, ela tira a mão do ombro dele e limpa a gota.

— É melhor entrarmos — diz.

Ele concorda e pega sua mão. Há gotas nos cílios dele, e Oliver a observa como se fosse a resposta para uma charada. Entram juntos, o vestido dela com algumas marcas de chuva, os ombros do paletó dele um pouco mais escuros que antes, mas ambos sorriem como se fosse um problema sem solução, como um ataque de soluço.

Ela para na porta do salão de festas e aperta a mão dele.

— Tem certeza que dá para encarar um casamento agora?

Oliver olha para ela com expressão de alegria.

— Durante a viagem toda você não percebeu que eu estava indo para o enterro do meu pai. Sabe por quê?

Hadley não sabe o que dizer.

— Porque eu estava com *você* — fala para ela. — Eu me sinto melhor quando estou com você.

— Que bom — diz ela e fica nas pontas dos pés para beijar a bochecha áspera dele.

Dá para ouvir a música no salão. Ela respira fundo e abre as portas. A maioria das mesas está vazia, todos estão na pista de dança ao som de uma música romântica muito antiga. Oliver oferece a mão de novo e a leva por entre o labirinto de mesas, passando por pratos de bolo comido pela metade, taças grudentas de champanhe e copos de café vazios, até que chegam ao meio do salão.

Hadley olha em volta e não se sente mais com tanta vergonha por ser o alvo de vários olhares. As madrinhas estão apontando e dando risinhos. Dançando com Monty, com a cabeça no ombro dele, Violet dá uma piscada para ela como quem quer dizer *Bem que eu falei.*

No outro lado do salão, os noivos quase param de dançar, ambos olhando. No entanto, quando os olhares do pai e da filha se encontram, ele sorri e Hadley não consegue não sorrir de volta.

Desta vez, quando Oliver oferece a mão para dançar, ele a abraça com força.

— O que houve com suas técnicas formais de dança? — diz, no ouvido dele. — Os cavalheiros ingleses não dançam daquele jeito?

Pelo tom de voz, ela sabe que ele está rindo.

— O meu projeto de estudo para este verão é sobre diferentes estilos de dança.

— Então isso significa que vamos dançar tango depois?

— Só se você quiser.

— O que você estuda de verdade?

Ele se afasta para olhar para ela.

— A probabilidade estatística do amor à primeira vista.

— Que engraçadinho — diz ela. — Fale a verdade.

— Estou falando sério.

— Não acredito em você.

Ele dá uma risada e abaixa a boca para falar perto da orelha dela.

— As pessoas que se encontram em aeroportos têm 72 por cento mais chance de se apaixonarem que as pessoas que se encontram em outros lugares.

— Você é ridículo — diz ela, deitando a cabeça em seu ombro. — Já falaram isso para você?

— Já — revela ele, gargalhando. — Você, na verdade. Umas mil vezes só hoje.

— Bem, o dia de hoje está quase chegando ao fim — comenta Hadley olhando para o relógio dourado no outro lado do salão. — Mais quatro minutos. São 23h56.

— Isso significa que nos encontramos há 24 horas.

— Parece ser mais tempo.

Oliver sorri.

— Você sabia que as pessoas que se encontram pelo menos três vezes de maneiras diferentes no período de 24 horas têm 98 por cento de chance de se encontrarem de novo?

Desta vez, ela não vai corrigi-lo. Desta vez, prefere acreditar que ele tem razão.

Agradecimentos

Há uma probabilidade muito grande de que este livro nunca tivesse sido escrito sem a sabedoria e o incentivo de JENNIFER JOEL e ELIZABETH BEWLEY. Também sou muito grata à BINKY URBAN, STEPHANIE THWAITES, todos na International Creative Management e na Curtis Brown, à incrível equipe da Poppy, aos colegas na Random House e aos amigos e à minha família, sempre a meu lado. Obrigada a todos.

Este livro foi composto na tipologia Sabon
LT BT, em corpo 11/16, e impresso em
papel off-white no Sistema Cameron da
Divisão Gráfica da Distribuidora Record.